TAKE
SHOBO

溺愛閨攻防戦！

政略結婚のはずの小国の王女でしたが、皇帝陛下の大切な家族になります

ちろりん

Illustration
サマミヤアカザ

contents

イラスト／サマミヤアカザ

政略結婚のはずの
小国の王女でしたが、
皇帝陛下の大切な
家族になります

序章

「――賭けをしようじゃないか、アリーヤ」

「賭け、ですか？」

アリーヤはイシュメルの突然の提案に戸惑う。

閨（ねや）で賭けごととはいったいどういうことなのか。

真剣な顔をして聞き返すと、彼はくすりと笑った。

「もし、俺がお前に痛みを与えずに初夜を終わらせることができたら俺の勝ちだ。途中で痛みを感じ、これ以上は無理だと感じたらお前の勝ち。そのときは潔くお前にすべてを任せよう」

なるほど、そういう賭けかと合点がいく。

それで双方納得できるのであれば、やぶさかではない。

「分かりました。それでは勝負いたしましょう」

受けて立とう。

これは賭けという名の夫婦の話し合いなのだ。

初夜で絶対に痛くなりたくないアリーヤと、痛くしないというイシュメルの攻防戦。

どちらが主導権を握るかを決める戦いでもあった。

(だって、閨の教師もお姉様も皆初夜は痛い、流血沙汰にもなると言っていたわ。絶対に私の方が勝つに決まっているわ)

主導権を握ってみせる。

意気込むアリーヤを、イシュメルは興味深そうに見つめていた。

第一章

「閨は基本的に殿方にすべてを委ねる形で行われます。寝台にふたりで入られましたら、まずは殿方が女性の服を脱がせてくださいますので、脱がしやすいように協力してあげてください」

目の前の教師が淡々と話していく。

アリーヤはそれを耳にしながら、先ほど渡された教本の図説に視線が釘付(くぎづ)けになっていた。

(……男性の身体のつくりは女性のものと違うと聞いていたけれど)

それは本当だったらしい。

絵に描かれている男性の下半身を見て、アリーヤは軽く衝撃を受けていた。

「——ある程度女性の身体が解(ほぐ)れてきましたら、そこに男性の性器を挿入(そうにゅう)いたします」

衝撃的な絵に気を取られていて教師の話を聞き逃していたが、また驚くべきことを言ってきた。

これを自分の中に挿入(い)れるらしい。

教師曰く、そのときには男性のそれは硬く大きくなり、挿入しやすいように準備できているのだとか。

さらに男性が動き、女性の胎の中に子種を注ぎ込む。

それが実を成して懐妊となり、子ができるのだという。

「翌朝、シーツに血がついていることもあるかと思いますが、それこそが純血であるという証なのです」

「血⁉　血が出るのですか?」

アリーヤは思わず青褪めた。

血が出るということは、身体のどこかを傷つけたということだ。性行為というのはそんなにも危険なものなのだろうかと震えあがる。

「最初はどうしても痛みを伴うものです。今まで閉じられていた部分を新たに開くのですから」

(……たしかに、あんな棒のようなもので身体の中を突かれたら痛いに決まっているわ)

再度図説に目を落とし、まじまじと「棒の部分」を見つめた。

「ですが、その痛みを経て大人の女性になるのです。通過儀式のようなものですよ」

だからこれは必要な痛みであり、忌避すべきものではないと教師が説明してくれたのだが、アリーヤの耳には入ってこない。

身体が小さい自分が果たしてこれを身体の中に収めることができるのか。

そればかりが気になって仕方がない。

スッと手を挙げて、「聞いてもよろしいですか？」と教師に問うてみた。

「その……だ、男性器というのは、通常どのくらいの大きさなのですか？」

事前に知っておけばある程度の覚悟ができるかもしれない。

そう思って聞いてみたが、教師は何故か頬をポッと赤く染めて気まずそうな顔をした。

何ごとかと首を傾げていると、それに気づいた彼女は咳払いをする。

「個人差がありますので、一概には言えません。女性の胸も人によって大きさが違いますでしょう？」

「……なるほど、たしかにそうですね」

人体の一部なのだ、個人差があってしかるべきだろう。

ということは、閨で初めて見て確認するしかないということになる。

今回受けた閨の授業は、初夜のときに慌てることがないように、心構えができるようにと行われたものだが、結局心配だけが残ってしまった。

（……大丈夫なのかしら）

アリーヤはますます憂鬱になる。

あとひと月で嫁ぐというのに、ちゃんと求められた役目を果たすことができるのだろうか。

――ジェダルザイオン帝国から縁談の話がきたのは、今から半年前のこと。

アスカム国の国王には五人の息子と娘がいた。

そこから末娘であるアリーヤが選ばれたのは、単にタイミングの問題だった。

ひとりだけ年が離れて生まれたアリーヤ以外、皆伴侶を得ている。

嫁がせられる人間はアリーヤだけしか残っていなかったのだ。

十の属国を保有するほどの大国である帝国ジェダルザイオン。

その皇帝直々の求めに対し、大陸の北方にある小国が撥ね付けることなど当然できるはずがなく、慌ててアリーヤを嫁に出す準備をし始めた。

皇帝イシュメル・アクロイド・レヴェジェフ、御年二十七歳。

彼がアリーヤの夫になる人だ。

イシュメルの名は、あまり政治に触れてこなかったアリーヤでも知っている。

齢十四歳で帝位に就き、当時属国の反旗により混乱を極めていた帝国をまとめ上げ、さらに反乱も治めたという傑物だ。

自ら馬に乗り属国まで赴き、三日間話し合った末に和平をもたらしたという話はあまりにも有名だ。無謀という人もいれば、はたまた勇猛果敢、覇者になるために生まれたような人だと評価する人もいる。

アリーヤ自身はこの話を聞いていても、直接本人に会ったことがないのでどう評価すればいいか分からないと思っていたが、とうとう会えるのだ。

会うどころか夫になるとは。

どんな人なのだろうと期待に胸を膨らませるのと同時に不安もあった。

今年十八歳になったが、童顔であるがゆえに幼く見られることが多い。胸はそこそこあるものの、背は低く声もあどけなさが残っていた。

さらに、年が離れた末っ子であるために、それはそれは大層大事に育てられてきた。両親だけではなく、兄や姉もアリーヤを可愛がってくれたのだ。

おかげで立派な箱入り娘になり、世間知らずに育った。

そんな娘をひとり他国に嫁がせるのだ、城中が騒然となった。

結婚が決まったその日に、嫁いでいった姉も城にやってきてはアリーヤの心配をしてくれたものだ。

ひとつ上の姉のメイジーなど、「可愛い妹を大国にひとりで行かせるなんて、お父様は鬼畜です！」と泣きながら反対をしていた。

そんなひと悶着もありながらも、嫁ぐその日に向けて心も含めて準備をしていたのだが、先ほどの閨の授業で一気に心が萎れてしまった。

子作りは妻の義務だ。

皇帝の跡継ぎならなおのこと強く望まれるだろう。

子を成すためには閨をともにしなければならない。初夜を迎え、正式な夫婦になり、子作りに励むのだ。

ところが今回、その初夜が問題なのだと知ってしまった。

血が出てしまうほどの痛みを伴うそれ。男性のあんな棒のようなものを自身の身体に突っ込むというそれ。しかもサイズは不明ときた。

できることなら流血は避けたい。

痛いのも嫌だ。

アリーヤは真剣に悩み、どうにかこうにか痛みを和らげる方法はないかと考えた。

もしくは、男性のあの棒を小さくする方法だ。

だが、性に未熟なアリーヤが悶々と考えたところで答えなど出るはずがない。

「メイジーお姉様のところに行きたいの。お伺いの手紙を書くから、届けてもらってもいいかしら」

侍女にお願いをして、メイジーを訪ねる手はずを整えてもらう。

ここは経験者に聞くのが一番だ。経験したことないことを想像して悩んでいても仕方がない。

メイジーからはすぐに返事が来て、明日にでも遊びにいらっしゃいというので、その日は早めに就寝した。

「よく来たわね、アリーヤ！」

会って早々抱き締めてくれたメイジーは、待っていましたとばかりに声を弾ませていた。

アリーヤと同じプラチナブロンドで青い目の彼女は、姉妹だが顔立ちはあまり似ていない。

可愛らしくあどけなさが残るアリーヤに対し、メイジーは大人の魅力がある。

涼やかな目元に、真っ赤な紅が似合うであろう綺麗な顔立ち。妖艶な大人の女性としての魅力に溢れている姉は、メイジーの憧れだった。

二年前にこの国の将軍に嫁いだのだが、人妻になってますます綺麗になった気がする。

「こんにちは、メイジー様。今日は俺も一緒ですよ」

ぎゅうぎゅうと抱き締められているアリーヤの脇から男性がひょいと顔を見せた。

「あら、デイミアンじゃない。貴方も一緒なの？」

「当然ですよ。アリーヤ様に護衛もつけずに外に出したら、陛下はじめ王子殿下たちにどれほど怒られるか」

デイミアンは大袈裟なくらいに肩を竦めてみせた。

今回護衛としてつれてきたデイミアンは、メイジーとアリーヤの幼馴染みだ。侯爵家の息子であり、王家の安全を守る近衛兵として仕えてくれている。

アリーヤにとっては兄のような存在、メイジーにとっては弟のような存在がデイミアンという人だった。

彼の言う通り、父や兄たちにメイジーのところに行くと告げると、デイミアンを連れて行きなさいと強く言われたのだ。

嫁入り前の娘に何かあったら大変なので、彼らの心配はもっともだ。まぁ、それ以前から何かと心配してくれているのだが。

ひとしきり久方ぶりの邂逅を三人でよろこんだあと、メイジーはさっそく部屋に案内してくれた。

「アリーヤとふたりきりでお話をするから、皆ついてこなくてもいいわ。お茶も自分たちで淹れるので大丈夫よ。もちろん、デイミアンも入室禁止。呼ぶまで待っていて」

手紙にふたりきりで内密の相談があると書いたので気を遣ってくれたのだろう。

メイジーは使用人を部屋から追い出し、ついでにデイミアンに入ってこないように念を押していた。

「陛下たちに、アリーヤ様に四六時中ついていろと命令されているんですけど」

「大丈夫よ。外には将軍である旦那様が直々に厳選した護衛たちがいるもの。貴方は扉の前の廊下で護衛していなさいな」

問答無用でメイジーに扉を閉められたデイミアンは情けない声を上げる。けれども強引に中に入るつもりはないようで、こちらの意思を尊重してくれた。

「それで？　なぁに？　相談したいことって」

てしまう。
メイジーは用意されたポットからカップにお茶を注ぎ、アリーヤの目の前に置く。
同じく王女として育ってきたはずなのに、メイジーは何に関しても器用で、ひとりでこなし
いつもは使用人に淹れてもらっているだろうに、お茶を淹れる手つきもこなれているように
見えて、感心しながらそれを見ていた。
「……あの、私、今結婚に向けていろいろと勉強しているところなのだけれど」
「あぁ、私もあのときはいろいろと大変だったわ。花嫁修業に家政の勉強に、それと閨の勉強
まで」
「そう！　大変よね……その、閨の勉強までしなくてはいけないなんて……」
よかった。どうやって切り出していいものかと悩んでいたが、メイジーの方から切り出して
くれたのでありがたく話に乗る。
それに、メイジーも同じように手ほどきを受けていたことに安心していた。
今回、アリーヤに閨の授業が施されたのは、アリーヤが子どもっぽいところがあるからだと
思っていたのだ。このまま嫁に出すのが不安だからと。
けれども、皆が結婚前に受けるものだと知って安堵する。
きっと、メイジーも同じような内容の授業を受けたのだろう。
果たしてそれは実戦で役立つものだったのか。

興味津々のアリーヤは身を乗り出してさらに切り込んだ。

「……あの、実際どうだったのか、聞いてもいいかしら？　もちろん、言いたくないのであれば、無理に話してくれなくてもいいのだけれど」

「ん？　結婚生活かしら」

「そ、それもそうなのだけれど……その……ね、閨でのことを……」

恥ずかしさを押し隠し、もじもじと指を弄る。

改めて自分の姉とはいえ、夫婦生活というプライベートなことを聞くのは失礼すぎるかしら？　と思ったが、とにかく今のアリーヤは悩み過ぎて藁にも縋りたい気分だった。

どうかしら？　無理かしら？　と目で伺いを立てると、メイジーは突如目を潤ませる。

「あぁ！　本当にお嫁に行ってしまうのね、アリーヤ！　閨について聞くためにわざわざ訪ねてくるなんて、なんて勉強熱心なの！　きっとイシュメル皇帝は貴女の勤勉さに感心するはずよ！」

抱き付き、頭を撫でながらメイジーは感嘆の声を上げた。

姉は少々大袈裟なところがあるが、それに慣れ切っているアリーヤは「ありがとう」と返す。

「それで、何か不安があるの？　いいえ、不安だらけよね……。ひとり知り合いがいない国に行って、見知らぬ男性と結婚するのだもの。不安に思うなという方が無理よ」

メイジーは今もなお、アリーヤがジェダルザイオン帝国に嫁ぐことに納得がいっていないらしく、愁いを帯びた顔をする。

「自分のお役目は分かっているから、嫁ぐことに関しては不安はないの。皇帝がどんな方でも、伴侶として尽くすだけよ」

最初こそ動揺したが、もう腹は決まっていた。

ここまで大切に育ててもらった恩返しが今回の結婚なのだと乳母に言われたとき、たしかにその通りだと腑に落ちたのだ。

「それよりも、閨の授業で気になることを聞いたの。……初めてのときは、血が出るほど痛いって」

青褪めながら教師から聞いた衝撃の事実を口にすると、メイジーもさっと真面目な顔になる。

「……そうね……たしかにそうだわ。先生のおっしゃるとおりよ」

心なしか、メイジーの目が遠いものを見ているような気がするのだが気のせいだろうか。

自分の初夜を思い出しているのかしばし目を閉じて黙り込み、唐突に「うぅ」と顔を顰め始めた。

「お姉さま?」

「……アリーヤ、残念ながら初めてのときは痛いわ。それはそれは痛いわ。身体が裂けてしまうと慄いたくらいに」

「……そ、そんなに?」

「シーツは血の海……あまりの痛さに次の日も動けず、心配した夫が医者を呼んだくらいよ」

話を聞いていて、足元から悪寒のようなものがせり上がり、悲鳴を上げそうになった。

医者の世話になるとは、大怪我もいいところだ。

「そこまで酷(ひど)いことになるものなの？　……も、もしかして、その……」

部屋には他に誰もいないのは分かっているが、それでもやはり大っぴらに聞くことが憚(はばか)れ、メイジーの耳元に口を持っていき、そっと囁(ささや)く。

「将軍の、あの、男性が持っていらしている……棒……が、大きいからかしら？」

個人差があると聞くが、メイジーが酷いことになったのは、身体が大きい将軍の棒もまた大きかったのではないか。

姉の身体には合わず大惨事になってしまったのでは、と。

すると、メイジーは「それもあるけれど」と溜息(ためいき)を吐く。

「何より雑なのよ、うちの旦那様は。女性の身体の扱いを分かっていないというか、粗野というか。今まで男所帯だったから仕方がないのかもしれないけれど……」

男兄弟ばかりで、母親も早くに亡くし、さらには軍に入ってからは剣を握るだけの生活をしてきた。だから、今の夫があるのだと分かっているが、その雑さに困ってしまうとメイジーは漏らす。

「案外そういう男性が多いらしくてね。結構困っているご婦人方も多いわ」

二度目の衝撃的な事実に声も出なかった。

皆、昼は優雅な姿を見せながら、夜は必死の思いをしてあの棒を受け入れているのだ。なんということとだろう。

なるほど、閨の心構えというのは、そういう意味も含まれているのかと納得できた。

だが、皆が通る道とはいえ、やはり痛いのは嫌だ。

できることなら避けたい。

けれども避けられない道なのだろうか。

アリーヤが震えていると、慰めるようにメイジーがまた抱き締めてくれた。

「……お姉さまも、毎晩大変なのですね」

「もう毎晩ではなくなったけれどもね。身体が慣れてきたら痛みがなくなったし、それに私は解決策を編み出したから」

「解決策ですか⁉」

そんなものがあるのかとアリーヤは飛びついた。

閨の先生に聞いても、我慢するしかない、痛みを受け入れてこその一人前の女性と言えるのですと説かれてしまうばかり。

恐ろしい初夜の痛みから逃れられる方法があるのであれば、嫁ぐ前に教えてほしい。

その一心で必死に頼み込んだ。

　すると、今度はメイジーの方がアリーヤの耳元に口を寄せて声を潜めた。

「こちらが主導権を握るのよ」

「……え？」

　閨の主導権というのはどういうことだろう。

　首を傾げていると、メイジーはもっと噛み砕いて教えてくれた。

「授業は『男性にすべてを委ねなさい』と習ったでしょう？　そうではなく、こちらから積極的に動くのよ」

「でも、そういうのは殿方が好まないと」

「授業の内容が古臭いのよね。いまどきは女性の方から攻められたいって殿方も多いのよ？　それに可愛らしいの。こちらから愛でてあげるとね、子猫のように震えて」

「あの将軍が……？」

　顎に髭をたたえた強面の将軍が可愛らしく震えている姿を想像したが、アリーヤの頭では限界があった。

「ち、違うわよ？　うちの旦那様のことではなくて……そ、その、……聞いた話！　聞いた話なのよ！」

「そうよね！　驚いたわ……主導権を握るといってもそこまではしないわよね」

「ええ、そうよ……そこまでなんて、ねぇ？　……うふふ」

何故かメイジーは顔を真っ赤にして、手で顔を扇いでいる。

勘違いされたことが恥ずかしかったのだろうかと慌てて謝ると、彼女は微妙な顔をしながら「いいのよ」と言ってくれた。

「と、とにかく、男性側に挿入を任せるから女性が痛い思いをするのよ。だから、女性側がコントロールすれば、痛みもやわらぐはずよ」

メイジー曰く、女性が男性の上に乗り、棒の出し入れを制御するのだとか。

「上に乗るのですか⁉　女性が⁉」

そんなことをしてもいいのだろうか。いや、経験者である姉が言うのだ、それもいまどきはありなのだろう。

「そうすれば痛むときは挿入を止められるし、大丈夫そうなら先に進められるもの。私はだいぶそれでマシになったわ。旦那様もそのときの私の様子を見て、どうすればいいか学んでコツを得ることもできたようだし」

女性が上に乗るというのははしたないと言われているが、利点もあるのだとメイジーは教えてくれる。

話を聞いていると、たしかにそうかもしれないとアリーヤも思うようになってきた。

自分の痛みは自分にしか分からない。

瘡蓋を剥がすとき、どこまで剥がしてしまったら痛いのか自分にしか分からないように、どこまで棒を受け入れたら痛いかはアリーヤにしか分からない。

ただ、問題はこちらが主導権を握るのをよしとしてくれるかどうかだ。

イシュメル皇帝の功績は耳にすれども、人柄は一切分からない。

「もし、イシュメル皇帝が主導権を絶対に握られたくないって方だったらどうしましょう」

「そのときは、可愛らしくお願いしてみなさい。『お願いします。私にさせてくださいませんか?』って」

可愛い貴女が頼むのだもの、皇帝だって無下にはできないわよとメイジーは言うものの、それは姉の欲目というものではないだろうか。

「恥じらいながら『優しくしてください』もありよ。あくまでさりげなくよ、さりげなく。殿方のプライドを傷つけないようにね」

「分かりました、やってみます」

そう口で言ったものの、実際どんなことを言えば殿方のプライドというものが傷つくのかよく分かっていない。

「でも、そうね。なにごとも話し合いが大事だと思うわ」

「お母様もそれはおっしゃっていたわ」

アリーヤが嫁ぐとなったとき、母が部屋にやってきて、夫婦の秘訣(ひけつ)のようなものを話してくれたことがあった。

やはりそのときも、何においても話し合うことが大事なのだと言っていたのだ。

「今後一生をともにしていく人だもの、相手が何を考えているのかを知る必要があるし、逆にこちらがどう考えているのかを伝える必要もあるわ。余計なすれ違いを生まないためにもね」

仲違い（なかたがい）の原因が話し合い不足だったというのは往々にしてあるもので、そうならないためにも普段からの話し合いは欠かせないのだと。

「分かったわ、お姉さま。私、話し合ってみます」

「ええ、そうして。私が今幸せに暮らしているように、貴女にも幸せな結婚生活を送ってほしいわ。他の国に行ってしまうからなおのことね」

アリーヤは、この国に生まれてからずっと幸せだった。

幸せでいてくれるよう、家族が慈しみ、愛してくれたからだ。

「ありがとう。私、イシュメル皇帝といい関係を築けるように頑張るわ」

両親のように、家族がいつまでもひとつでいられるような関係を築いていけるように。

「夫婦生活」というのだから、閨は大事だ。

だから、しっかりと話し合って、アリーヤの気持ちを分かってもらって、そしてイシュメルの考えにも耳を傾けながら関係を作っていこう。

そのためにはしっかりと勉強しなければ。

女性側が主導権を握るやり方と利点を。

話に聞いただけでは分からない部分が多い。性に未熟なアリーヤの想像では限界があるのは実証済み。

教師が見せてくれたような閨の教本は探せば他にもあるだろう。

メイジーの話を聞いて、ひとつの解を得られたアリーヤは意気揚々と城へと帰った。

そこから、自分なりに輿入れの準備をし始めたのだ。

――一か月後、家族皆に見送られながらアスカム国を出たアリーヤは、長い間馬車に揺られ、いくつもの国を越えてジェダルザイオン帝国の国境までやってきた。

帝国側の迎えの使者が待ち構えていて、そこで馬車を乗り換えた。

ここまで一緒に来てくれた乳母ともお別れをしなければならず寂しかったが、他国から輿入れするときは、故郷のものをすべて捨てていくのが習わしらしい。

だから、自分の荷物は極力持たずにやってきたが、名残惜しさだけはぬぐえなかった。

「元気でね。皆によろしく伝えて」

乳母との挨拶を済ませ、帝国側の馬車に乗り移る。

帝国側が手配してくれた新たな侍女は年若く、メイジーと同じ年頃の女性だった。

首都であるザルヴォバーノまで五日。

近づけば近づくほどに気温が高くなり、そして街並みもにぎやかになっていった。

北国のアスカム国を出たときは毛皮のケープを纏(まと)っていたが、帝国に入ってすぐに脱いでしまった。

侍女曰く、ここでは毛皮でできたものはあまり必要なくなるのだとか。

故郷では年の半分は必要だったので、肌でもまったく違う土地にやってきたのだと感じてしまい寂しくなった。

南下し続けようやく首都に着くと、面白い光景が目の前に飛び込んでくる。

円形の広場を中心に建物が緩やかなすり鉢状に広がっていくのだ。まるでそこが首都の中心であるかのように。

そしてその広場を見下ろすように、城がそびえたっている。

アリーヤは異国の文化を目の当たりにして感激しながら城の中に入っていった。

旅の終着点には出迎えてくれる人がいて、さっそくどの人がイシュメルかと探し出す。

いただいた肖像画では黒髪に黒目の美丈夫で、凛々(りり)しい顔立ちをしていた。何度も目にしたので脳裏に焼き付いているあの顔を、立ち並ぶ人たちと照らし合わせる。

だが、すぐに分かった。遠くからでも、一瞬で。

存在感が違うのだ。彼だけが醸し出す雰囲気が他の者とは一線を画す。

覇者だけが持っている威圧感に、アリーヤは魅入られ、目を離すことができなかった。

馬車が止まり、客車(きゃくしゃ)の扉が開け放たれる。

アリーヤがそこから外をちらりと覗いたのと同時に、一歩前に足を進めた男性がいた。

駆者が馬車から降りるのに手を貸すのが普通だが、その人が前に進み出てアリーヤに手を差し出してくれたのだ。

やはりこの人だ。

「ようこそ、ジェダルザイオン帝国へ。よく来てくれたアリーヤ姫」

彼がアリーヤの夫となる人なのだと、あまりの感動に胸が震えた。

「……イシュメル皇帝陛下ですか?」

「ああ、そうだ。君の夫となる、イシュメル・アクロイド・レヴェジェフだ」

まるで夢でも見ているような心地で差し出された手に己の手を重ねると、ぎゅっと握り締められる。

大きな手。ごつごつとしていて、節くれだっている。

兄たちの手も大きかったが、ここまで皮が厚くなかった。硬くて、剣を握る人の手。

「はじめまして、イシュメル皇帝陛下。アスカム国第二王女アリーヤ・リヴィングストンです。……貴方の妻になるためにやってきました」

彼のエスコートでゆっくりと地面に下り立つ。

改めて向き合うと、イシュメルは随分と背が高い。

比較対象は兄たちやデイミアンしかいないので分からないが、アリーヤが出会った男性の中で一番の長身だった。周りにいる帝国の人間と比べても高い方だろう。

彼の腰の位置がアリーヤの胸下くらいにある。それだけでも脚の長さが計り知れた。

ほどよく筋肉がついた身体は逞しい。

涼やかな目元に黒い瞳。鼻梁が高く、スッと真っ直ぐに通っている。縦皺が美しい唇は厚くて形も綺麗だ。

雄々しさの中に怜悧な美貌が混じるイシュメルは、俗にいう美男子というものだった。黒を基調とした服を着ているのでなおのこと凛々しく見えるのだろう。

肖像画に偽りはなかった。いや、それ以上だと見蕩れてしまう。

「君がこの国の暮らしに早く慣れるようにいろいろと用意させた。世話をしてくれる侍女はもう会っただろう」

「はい。道中たくさんお世話になりました」

「彼女に足りないものがあれば何でも言えばいい。すぐに用意させよう」

「お心遣い感謝します」

イシュメル自身が城の中を軽く案内しながら、今後のことを話してくれた。

結婚式はひと月後。それまでは何かと慌ただしくなるが、我慢してほしいということ。そして、ここでの暮らしに慣れることを最優先してほしいということ。

「かくいう俺も今ごたついていてな。忙しくて会いに行く暇をあまり作れないだろう。申し訳

ない。来て早々構ってやることもできず」

「いいえ。気になさらないでください。こんな大きな国を動かしていらっしゃるんですもの、忙しくて当然です」

本当なら毎日でもお話をしてイシュメルがどんな人かを知っていきたいところだが、為政者の忙しさは父を見て育ったのでよく知っている。

寂しさをぐっと耐えて物分かりがいいふりをした。

「だが、今日は一緒に食事をとろう。君を歓迎する宴を開く」

「わぁ！　宴ですか？　嬉しいです！」

歓迎の気持ちをそんな形で示してもらえて、アリーヤは素直に喜ぶ。

この国の宴がどんなものなのかは分からないが、一緒に食事ができるだけでも嬉しい。

食事をともにするのは、仲を深めるための第一歩だ。イシュメルもそう思って言ってくれているのだとしたら、アリーヤもそれに応えたい。

「楽しみにしております、イシュメル皇帝陛下」

様々な思いを抱えて祖国を出たが、初めての邂逅にしては雰囲気はとてもいいものだった。

夫となるイシュメルは好印象で、彼の容姿の美しさもさることながら、所作のスマートさ、紳士ぶりに思わずうっとりとしてしまうほどだった。

彼と並んで歩くと自分の幼さが際立ってしまうのではないか心配になるほど大人で、優しく気遣いができる人。

（この人が、大国の皇帝で、私の夫になる方）

にわかに信じがたいが、これが現実なのだと隣にいるイシュメルを見つめながら実感していた。

私室を案内してもらったあと、一旦はイシュメルと別れ、他の侍女も紹介してもらう。

皆笑顔で迎えてくれて安心したアリーヤは、深く頭を下げてお世話になりますと挨拶をした。

身の回りのものは帝国内に入るときにすべて置いてきたが、その代わりにたくさんこちらで用意してくれたらしい。

クローゼットいっぱいのドレスに靴、アクセサリーに美容品、本や刺繍用品、ぬいぐるみまであった。

「ご趣味が分かりませんでしたので、思いつくものをご用意いたしました」

もし、他に必要なものがあれば何でも言ってほしいと、感動しながら部屋の中を見て回っているアリーヤに声をかける。

「すべて皇帝陛下の思し召しです」

「そう……陛下が」

何から何までアリーヤのためにしてくれようとしている。

イシュメルの心遣いに感謝し、この感動を宴のときに伝えなければと心に決めた。

「本当にお優しい方なのね、イシュメル皇帝陛下は。……もっともっと、彼のことを知りたいわ」

優しく気遣いができる人だと分かった。大人の雰囲気を醸し出し、紳士的だとも。

けれどもそれは表面上のもので、もっと彼の中身を知りたいと願う。

国境を越え、物理的な距離は近くなったけれど、心の距離も近づけたい。

「お忙しいと聞いたけれど、会う時間もないくらいなのかしら」

何となく本人に聞きづらかったことを侍女に聞くと、彼女たちは申し訳なさそうな顔をして頷いた。

「今は致し方ないかと。何せ、結婚したあとの蜜月に向けて、仕事を大急ぎで片付けていらっしゃるでしょうから」

「え？」

蜜月とは？　と首を傾げると、侍女は口元に笑みを浮かべる。

「結婚したあとは何日間かおふたりで過ごします。その間は政務も入れず、陛下とアリーヤ様だけの仲を深めるお時間になるのです」

「だから、顔を見せる暇もないほどにお忙しいのね。それならば仕方がないわ」

アリーヤがふたりだけの時間を作りたいと思っていたように、イシュメルもまた作ろうと頑張ってくれていたのだ。

(あのときそう言ってくだされればよかったのに)

そういうこちらの気を遣わせるようなことを言わないのが、大人の流儀というものなのだろうか。

だが、そうだと分かったら、こんな寂しさなど些末(さまつ)なもの。

今はアリーヤができることを精いっぱいやって、心置きなく結婚式と、そして初夜を迎えられるようにしなければ。

俄然(がぜん)やる気が湧いてきたアリーヤは、宴まで休んだ方がいいと言われたが、休んでいられないと城の中を散策し始めた。

祖国の城よりも数倍広い城内を回りきることはできず、ある程度のところで切り上げて部屋に戻る。

湯あみの準備がされており、身体を綺麗にしてもらったあと、用意してあった薄黄色のエンパイアドレスに袖を通した。

ウェーブがかかったプラチナブロンドの髪の毛をハーフアップに結われ、髪飾りもつけられる。

「アリーヤ様のお肌、白くてお綺麗ですわ。北国の人間の肌は透き通るように美しいという話は本当だったのですね」

たしかに、帝国の人間と比べるとアリーヤの肌は白いかもしれない。

だからお化粧はあまり必要ないと言われたので、そんなものかと思ってお任せする。

仕上がりを鏡の中で確認すると、そこにはアスカム国にいたときとは違う自分がいた。

ドレスの形も違うし、アクセサリーも見たことがない細工が施されていて、大ぶりの宝石が填め込まれている。アスカムはあまり宝石が採れない国だったので、ここまで大きいものはなかった。

肌や髪の毛の色は違えど、格好はジェダルザイオン帝国の人間。

こうやって帝国の人間になっていくのだと、くるりと回りながら鏡の中の自分を見つめた。

「この国のドレスも似合うな。とても可愛らしい」

「ありがとうございます」

部屋まで迎えに来てくれたイシュメルは、アリーヤの格好を見た瞬間に相好を崩し、褒めてくれる。

照れて頬を染めるアリーヤの手を取り、甲に口づけられた。

さらに顔を真っ赤にするアリーヤを見て、彼はくすりと笑う。

「さぁ、皆がお待ちかねだ」

イシュメルにエスコートされながら辿り着いた宴の会場には、すでに人が集まって、アリーヤたちの登場を今か今かと待ち構えていた。

テーブルの上に並べられている料理は、見たこともないものばかりだ。

全体的に彩り豊かで新鮮なものが多い。

アスカム国は雪国なので保存食が多く、茶色い食卓になりがちなのだが、目の前にある食事は、目でも楽しめた。

何より、魚料理の多さだ。魚だけではなく、貝や甲殻類もあり、それぞれの味を生かした調理が施されている。

これもまた山に囲まれた故郷では見られない料理で、海に近いこの城ならではのおもてなしといえるだろう。

思わず料理に目が釘付けになり、他の人の話を聞き逃しそうになったが、どうにかこうにか理性を取り戻す。早く食べてみたくて仕方がなかった。

イシュメルが挨拶をし乾杯の音頭を取ると、一斉にグラスが鳴り、食事をし始める。

アリーヤも早く食べたかったが、どれから食べようかと迷ってなかなか決められなかった。

「食の好みが合うといいんだが。もし、口に合わないのであれば、他に準備させるが」

「いえ！　こちらの食事で十分です。ただ、どれから手をつけようかと迷ってしまいまして。どれもおいしそうで……」

なかなか食事に手をつけないアリーヤを見兼ねたのか、イシュメルが顔を覗き込んで聞いてくる。

慌てて手を横に振りながら事情を話すと、彼はお勧めの料理を教えてくれた。

「俺はこの魚を揚げたものにレモンをかけたものが好きでよく食べている。あとラム肉も美味しいな。チーズに蜂蜜をかけて食べると絶品だぞ」

勧められるがままにそれらを口にすると本当に美味しくて、頬が落ちそうだった。

思わず口に入れるたびににんまりと口端を上げてしまう。

「陛下がおっしゃるようにどれもこれも絶品ですね！」

声を弾ませはしゃいでいるアリーヤを見て、クク……と声を殺しながら笑うイシュメルは、クイっとワインをあおった。

「あの、陛下、お食事もそうですが、お部屋の方もいろいろと便宜を図ってくださりありがとうございました。帝国のことをたくさん学んで、早く慣れるように頑張りますね」

「気に入ってくれたのならよかった。慣れていくのは自分のペースでいい。最初から無理をするとあとで辛くなるからな」

もちろん、今後皇妃としてアリーヤに求めることは多くなるが、できること、時間がかかることを見極めて進めていくといいとイシュメルは言ってくれた。

「きっと、異国の地にきて、何もかもが新鮮に思えるだろう。料理ひとつにおいてもその驚きようだ、街に出たらはしゃぎ回るんじゃないか？」

「多分そうなると思います。馬車の中から見たのですが、広場のようなものがあって、それを中心に街が広がっていて、凄く不思議な光景でした。それだけでも楽しかったですから」

もちろん、子どものようにはしゃぎ回るということはしないだろうが、心の中は興奮でいっぱいになるだろう。

今のアリーヤの目には、何もかもが新鮮に思える。

ちなみに、あの広場は帝国の始まりの場と言われているのだとイシュメルが教えてくれた。

「五人の男があそこに集まり話し合いをし、小さな町を作った。法も刑罰も、経済も流通も何もかもがあそこで話し合われ、そして町を大きくしていったんだ」

五人のうち、ひとりは王に、ひとりは宰相に、ひとりは財務長官に、ひとりは将軍に、ひとりは裁判長になった。

そうやって帝国は繁栄をし続けて、今の栄華がある。

「結婚式もあの広場で執り行う。この帝国の礎(いしずえ)の場で、永遠を誓うんだ」

先人たちが歴史を築いてきた場で、アリーヤもまた歴史をイシュメルとともに刻んでいくのだ。

「結婚式が楽しみです」

もちろん楽しいだけではない。

大国の皇妃となるのだ、その重責はアリーヤが思っている以上に重いものだろう。

だが、今からそれに怖じ気づいている場合ではない。勇み足でもいいから前に進むようにしなければ。

「そういえば、酒は飲まないのか？」

宴なのだ、酒を口にして当然だろうとイシュメルが手つかずのままのグラスを指す。

「お酒というものを今まで飲んだことがなくて……」

成人しているのだから飲んでも問題ないのだが、今まで口にする機会がなかった。

というのも、兄たちが「お前にはまだ早い」と言って飲ませてくれなかったのだ。

アリーヤもさして酒に興味がなかったので、飲めないのであれば別に無理して飲む必要はないと思っていた。

今まで特に気にしていなかったのだが……。

ちらりとグラスに入ったワインを見つめる。

目新しいものばかりを見て気が大きくなったのか、それとも好奇心が刺激されたのか。

飲んでみようかという気分になった。

「初めてですけど、飲んでみます」

これからきっとたくさんのことに挑戦していくのだ。

祖国では子ども扱いされて許されてきた部分もあるだろうが、もうここでは同じように扱ってくれる人はいない。

皆、アリーヤをイシュメルの妻、ひいては皇妃として見てくる。

社交の場で酒を飲みかわすこともこれからあるだろう。お酒ひとつ飲めないで立派な皇妃にはなれないと、アリーヤは意を決してグラスを手に取った。

「無理しなくていいんだぞ」

そう言いながらも、アリーヤが挑戦するさまを見守ってくれるらしい。

「このくらいは無理ではありませんし、飲んでみたいのです」

「そうか。なら、飲んでみろ。少しずつな」

アリーヤは頷き、唇をグラスにつける。

お酒特有の匂いが鼻腔を突いて怯みそうになったが、恐る恐るグラスを傾けた。

最初は唇を濡らす程度に、どんな味をするのか試してみる。

てっきり苦いばかりだと思っていたそれは、酸味もあるが甘味が多く、鼻に広がるアルコールの匂いに目を瞑れば葡萄のジュースに似ていた。

「……意外と甘い？」

「お前のは一応酸味の少ないものを用意させた。どうだ？　飲めそうか？」

「はい、これなら私でも飲めそうです」

なんだ、お酒というから身構えてしまったが、案外いけるではないか。

アリーヤは大人の階段をひとつ上ったような気がして、少し得意げになってしまった。

一口、また一口とワインを飲む。

咽喉を通るときカッと焼けるような感覚がするけれど、苦手な感じはしない。さらに飲んでいくと、咽喉の熱さが全身に広がっていくような気がした。

「一気に飲み干すな。水と交互に飲んでいけ」

「分かりました」

そう返事をしたものの、グラスを傾けるのをやめられなかった。

美味しいわけではない。飲むなら葡萄のジュースの方がいい。

けれどもやめられないのは、一口飲むたびに自分が大人の階段をぐんぐんと上っていくような気がしたからだ。

水と交互に飲んでいたのが、いつの間にかワインだけになり、口に含む量も多くなっていった。

イシュメルは誰かと話していて、側に控えていた侍女は心配そうにこちらを見ていたが、止めるのを躊躇(ためら)っている様子。

少し時間がかかったが、ようやくグラス一杯のワインを飲み干した。

すると、達成感からか、どうしてか笑いが込み上げてくる。

フフフ……と微笑(ほほえ)み、楽しい気分になった。

身体も熱くなり、ふわふわと足元が浮いているような感覚がする。

こんな体験、初めてだ。

もしかしてこれが酔うということなのだろうか。

くる。

「全部飲んだのか？　大丈夫か？」

会話中にちらりとこちらに視線を寄越したイシュメルは、アリーヤの頬に手を当てて聞いて
「ちょっと飲みづらいけど、ちゃんと飲めました。私、ちゃんと大人ですね」

アリーヤは楽しい心地のまま、にっこりと微笑んだ。

兄や姉はアリーヤを何かにつけて「子どもだから」と言ってくるが、そんなことはない。

もう十分大人と言える年になったたし、この通りワインだって飲めるのだ。

これで子どもとは言えないはずだ。

「アリーヤ？」

甘えるようにイシュメルの手に頬擦りする。

「あのね、陛下……私……――」

気が付くと、ベッドに横になっていて、部屋の中に日が差し込んでいた。
侍女曰く、酔ってイシュメルの腕の中に倒れ込んでしまったアリーヤは、そのまますやすや
と眠ってしまったらしい。
城についても休むことなく動き続けたので疲れていたのでしょう、さらにお酒が入ればああ
なってしまうのは致し方ないかと、とフォローしてくれる侍女の言葉に、アリーヤは恥ずかし

さに再びベッドの中に潜り込んでしまう。

とんだ失態だ、宴の最中に眠ってしまうなんて。

頭を抱え、どうしようとぐるぐると考え込む。

「ここまで皇帝陛下が運んでくださったのですよ。大事そうに抱き上げて」

「い、イシュメル皇帝陛下が?」

侍女の言葉に驚き、バッとベッドから飛び出る。

「陛下は怒っていなかったかしら……」

「怒っていませんでしたよ。むしろ、無理をさせてしまって申し訳ないとおっしゃっていました」

「そんな……陛下が謝ることなんて……」

調子に乗ってワインを飲んでしまったアリーヤが悪いのだ。イシュメルはちゃんと水も一緒に飲むようにと言ってくれたのに。

(……どうしよう……謝りに行かないと)

だが、今日からイシュメルは忙しくて会いに来られないと言っていた。わざわざアリーヤにそれを伝えてくれたということは、逆に会いに来られても困るということなのだろう。

これ以上迷惑をかけられない。

いろいろ考えた結果、手紙で謝ることにした。

手紙くらいならば邪魔にならないだろう。イシュメルの好きなときに読んでもらって、好きなときに謝罪を受け取ってもらう。

直接の謝罪は改めて、イシュメルが会いに来てくれたときにすることにしよう。

心を込めて手紙をしたため、侍女に託す。

イシュメルと会えない間は、研鑽を積むことにしよう。

失敗をいつまでも悔やんで何もしないよりは幾分かマシだ。イシュメルのため帝国のため、何より自分のために前に進まなくては。

「この国の歴史をもっと学びたいの。誰か教えてくれる人はいるかしら」

もちろん祖国でも帝国の歴史は学んできたが、そこまで深く知ることはできなかった。

国家間での交流があまりなかったせいもあるだろう。アリーヤが知っているのは、どこまで領土が広がっているのか、属している国はどこなのかくらいなものだ。

イシュメルは始まりの広場について教えてくれた。

あそこで結婚の誓いをするのだとも言っていた。

きっと、歴史を重んじる人でもあるのだろう。

皇帝として先人たちが成しえてきたことを誇りに思い、自分もそれにならう、いやそれ以上のものを作り上げたいと願っているのかもしれない。

『子というのは親を越えたいと願うものだよ。親が偉大であればなおのこと』

一番上の兄もそう言っていた。

ならば、アリーヤはイシュメルに手を貸してほしいと言われたときに、すぐにでも差し出せるものを持って常に隣にいなければ。

「歴史書とかもほしいわ」

人に教わるだけでは足りない。

自分でも学び取りにいかなければ。

勉強に、結婚式の準備をしながら、アリーヤは積極的に部屋の外に出て、いろんな人と話してみた。

顔を覚えてもらうこと、顔を覚えること。

実際に人と話してみて得られる情報は貴重だ。肌で感じて、目で見て耳で聞くものは、より身近に感じやすい。

探求心は止まらない。

失態を取り返すためだけではない。異国の人間である自分がここに溶け込むためには、この国を、ひいてはこの国の人間を理解するしかない。

そして、いつかここが自分の居場所だと胸を張って言えるように。

一歩一歩地道に進むしかない。

(――あれ？　私、また眠ってしまっていたみたい)

ふと目を開けると、意識がまどろみから浮上した感覚がした。

どうやらカウチに座って本を読んでいるうちに眠りこけてしまっていたらしい。いつの間にかクッションに顔を埋め横たわって眠っていた。

上体を起こし、いずまいを直そうとした。

すると、自分の身体の上に上着がかかっていることに気付く。

男性ものの服で、黒い上着。

そして、手に何かを持っていた。

「……白い、羽根？」

寝る前にはなかった黒い上着と白い羽根。

何となくだが、誰がやってきたのか分かってしまった。

「起こしてくだされればよかったのに……」

そうしたらこの羽根の意味も聞けたし、先日の失態を謝ることができた。

おそらく、眠っているアリーヤに気遣って起こさずにいてくれたのだろうけれど。

だが、忙しいのに会いに来てくれたのだ。それが分かっただけでも嬉しい。

「頑張りますね、イシュメル陛下」

――結婚式まであと五日。

日に日に待ち遠しくなっていった。

「いい加減観念しなされ」

イシュメルが最後通牒を渡されたのは、今から一年前のことだった。

父の代から宰相として仕えてくれているモーガンがにじり寄り、もうこれ以上引き延ばすことはできないと言ってきたのだ。

顔を間近に寄せられ、太い眉が視界いっぱいに広がる。

イシュメルは彼の額を手で押しのけて距離を取り、うんざりとした顔をして見せた。

「……分かった。今度こそ、結婚相手を決めよう」

降参だと両手を上げ、ずっとのらりくらりと躱していたことと向き合う覚悟を決める。

皇帝として、イシュメルには義務がある。

政務を行い、この国を導くこと。

そして王家の血を引き継ぐ跡取りを設けること。

前者に関しては、十四歳で帝位についてこの方、モーガンはじめたくさんの人の助りを借りて役目を果たすことができている。

ところが後者に関しては、いまだに果たせていなかった。

そもそも婚約者もおらず、探すことすらしていない。

一時混乱に陥った国を平定させることだけに尽力し、立て直すこと早十余年。

すでに二十六歳となったイシュメルに皇妃をと進言する臣下が増えてくるのは、必然だった。

正直なことを言ってしまえば面倒だったのだ。

皇妃を探すとなった途端に、属国の王たちが自分の娘を差し向けてくる。

加えて、自国の貴族たちも同じようにイシュメルに近づいてくるだろう。

伴侶を決める基準は政治的に有用性があるか、周りとの関係に波風を立てることなく結べる縁か。もしくは、その女性自身に皇妃としての器量があるか。

どれも大事だが、どれを決め手にするかも難しい。

皆、イシュメルの目に留(と)まろうと手を擦り合わせてやってくる。もしくは色目を使うか、取引を持ち掛けるか。

その駆け引きを毎度するのも面倒だし、躱して歩くのも疲れる。

政(まつりごと)だけでも考えることが多いというのに、これ以上悩むことが増えるのかと思うとうんざりして乗り気になれなかったのだ。

だが、跡継ぎがいないというのは、皇帝としては致命的だ。

もう逃げきれないかと、モーガンの言葉に従うことにしたのだ。

ようやくその気になってくれたイシュメルの前に、モーガンは候補者一覧を広げてみせる。

ただ、イシュメルはそれを見る気はなかった。

皇妃探しは面倒だとは思っていたが、一応めぼしはつけていた。

属国でも、自国の令嬢でもなく、まったく関係のない他国の姫ならば、そのような面倒は多少は少ないだろうと。

加えて、今後友好関係を結んでいれば有利に働きそうな国。

「アスカム国はいかがですかな?」

そう条件を出すと、モーガンが彼の国の名前を挙げてきたのだ。

アスカム国は北方の国だ。四方が山に囲まれた雪国であり、鉱山資源が豊富でもある。

何より魅力的なのは、アスカムの隣に帝国の属国のひとつがある。

その国は、その昔、イシュメルの父の時代に反旗を上げ、解放を求めて戦いを起こした過去がある。それを鎮圧したのがイシュメル本人だ。

和平の道を模索し一旦は落ち着かせたが、今でも禍根は残っている。ときおりきな臭い動きを察知しては、火種が小さいうちに潰している状況だ。

そんな危うさを孕む属国を、アスカム国と挟むような形で監視できれば理想的だ。

さらにアスカム国王には年頃の娘がいると聞く。イシュメルが求める皇妃候補としては申し分ない。

さっそくモーガンにアリーヤの身辺調査を命じ、その結果、正式に結婚を申し込むことにしたのだ。

「これで我が国も安泰ですな。跡継ぎが生まれたらもう盤石(ばんじゃく)です」

モーガンは満悦の笑みを浮かべながら、結婚式の日取りを決めていた。

ご機嫌な宰相の隣では、書類に埋もれながら、結婚式までに片付けないといけない仕事の量を考えてうんざりしているイシュメルがいた。

そういう経緯で今回アリーヤを皇妃として迎えることになったのだが、彼女を目にしたときに驚いてしまった。

「……お前、アリーヤ姫は十八歳で成人していると言っていなかったか？　随分と幼いように見受けられたが」

アリーヤを部屋に送り届けたあと、さっそくモーガンに確認する。

馬車から下りてきた彼女は、随分と小さく、さらに顔も幼い。

少女とは言えないが、成人女性とも言えないような幼気(いたいけ)さがあり、間違えてやってきたのだろうかと思ったくらいだ。

「ええ、もうすでに成人しておりますよ。たしかに顔は幼いですが、身体は出るところはしっかり出ているではないですか」

しれっとモーガンがとんでもないことを言うので、顔を引き攣らせる。

「……お前、これから俺の妻になる女性のどこを見て……スケベじじいめ」

「いやいや、たまたま目についただけですよ。性的な目で見ていたわけではありませんのでご安心くだされ」

ホホホ……と笑うモーガンに思わず胡乱(うろん)な目を向けたが、彼は意に介した様子もない。

「顔は幼くとも、皇妃としての務めを果たせればそれでよろしいではないですか」

「かといって、中身までおぼこいようだったらどうする」

「もしもそうなら、貴方が優しく導いてやればいいのです。夫婦というのはそういうものでしょう?」

家族と言える人がいなくなって久しい。

どんなものだったか思い出そうとしたが、そもそも両親は夫婦の手本になれるような人間ではなかった。

参考にはならず、思い返すのをすぐにやめてしまう。

「どちらにせよ、たったひとりでこの国までやってきたんだ、どれだけ気丈に振る舞おうとも心細いだろう。優しくしてやりたいとは思うよ」

わざわざ嫁いできてくれた女性に対する「義務」というものだろう。

イシュメルはそう思っていた。

宴にやってきたアリーヤの装いはすっかり帝国の女性だった。

だが、その中身は、初めて見るものに心を弾ませる好奇心旺盛な人。

料理を見ては感動し、身の回りの物を揃(そろ)えてくれて嬉しかったと感動し、始まりの広場の話をすれば興味深そうに耳を傾けていた。

表情がくるくると変わる。

感情が顔に出やすい、正直な人。

王家の中に生きていて、ここまで純粋でいられるのかと驚いた。まだ子どもの貴族令嬢でさえも、もっとあざとさを持っているというのに、そんな素振りすら見られない。

(随分と大切に育てられてきたようだ)

五人兄妹の末娘だと聞いている。おそらく、家族皆に可愛がられてきたのだろう。

そんな彼女がワインに口をつけていないのを見て、少し意地悪な気持ちが湧き出たのだ。

大事に育てられてきたのなら、お酒を口にすることも許されなかっただろう。そう予測してわざと飲まないのかと聞いてみた。

すると案の定飲んだことがないとアリーヤは答える。

アリーヤの好奇心にくすぐられたのか、イシュメルも興味を持ってしまう。彼女に酒の味を覚えさせたら、どんな顔を見せてくれるのだろうかと。

　悪い大人の好奇心だ。

ほんの少し飲ませるつもりだったのに、目を離したすきにアリーヤはグラス一杯空けてしまった。

念のために甘口のワインを用意させたのが仇(あだ)になってしまったのか。

気が付けば、彼女は白く透き通るような肌を真っ赤に染めながら、楽しそうにフフフと笑っていた。

まるで酔っ払いのそれだ。水を飲ませてアルコールを薄めてやろうとグラスを手に取ると、彼女はイシュメルの方に顔を近づけてきた。

「あのね、陛下……私、こんなに優しくしてもらえて、とっても嬉しいです。不束者(ふつつかもの)ですけど、どうか愛想を尽かさず向き合ってくださいませ。いい夫婦になりましょうね」

そう言ったきり、こてんと身体を預けて、イシュメルの腕の中で眠ってしまったのだ。

（……いい夫婦、か）

イシュメルにはいい夫婦というのが、どういうものかは分からない。

これからふたりで「いい夫婦」というものを模索していくのか、それとも彼女が教えてくれるのだろうか。

結婚式まで忙しくて会いに行けないかもしれないと言ってしまった自分の言葉を撤回したくなった。

できることなら、もっとアリーヤの好奇心に目を輝かせる様子を見てみたい。

彼女の興味を満たすようなことを教えてやりたい。

そんな欲がむくむくと育っていった。

「アリーヤ姫は長旅でお疲れのようだ、部屋に運んでくる。皆はそのまま続けてくれ」

彼女を抱き上げそう告げると、サッと護衛がやってきて「自分がお運びします」と申し出てくれたのだが、断ってしまった。

すっぽりとこの腕の中に収まっているアリーヤをもう少し見ていたい。

驚くほどに軽いが、腕にのしかかる重さが心地いい。

ベッドに下ろすとき、甘えるように頬擦りしてきたのが可愛らしくて、離しがたいと思ってしまう自分に笑ってしまった。

そんな風に初対面の一日が終わってしまったが、イシュメルにとっていい日だったと言えよう。

こんなに顔に笑みを宿したのはいつぶりだったか。

次の日、アリーヤから宴の最中に眠ってしまったことを詫びる手紙をもらった。

そこには彼女らしい可愛い字で、失態を犯してしまったことのお詫びと、部屋まで運んでもらったお礼と、この国のことをもっと知っていこうという決意が綴られてある。

最後に、始まりの広場のことを教えてもらえてよかった。きっと、それを知っているのと知らないでいるのでは、結婚式に挑む心持ちが違っていただろう、と書かれていた。

『教えていただき、ありがとうございます。結婚式、楽しみにしております』

イシュメルも、義務感で挙げるはずだった結婚式が、いつの間にか楽しみになっていた。

義務からくる政略結婚。利害を絡ませた、情を伴わない結婚生活。

もしかするとそんな乾いた未来がくるかもしれない。と、危惧を抱えていたというのに、アリーヤは違うようだ。

皇帝と皇妃というだけではなく、最初からイシュメルとアリーヤとして向き合おうとしてくれている。

彼女の懸命さやひたむきさが、可愛らしくて眩い。

アリーヤの様子を人づてに聞くと、この国の歴史を知ろうと勉強しているとのこと。

「陛下の話に感化されたのかもしれませんな」

そんなモーガンの一言に、アリーヤの顔が見たいという欲が疼く。

結婚式まであと少し。そのあといくらでも話せるのだからそこまで我慢すればいいのに、まるで融通が利かない子どものようにアリーヤの様子が気になって仕方がなかった。

「こんなときに何ですが、またチェキシア国から使者が来ておりますよ。いつものように、進言という名の文句をしたためた書状を持って」

「またか……」

忙しいというのに、また頭が痛い話が舞い込んできた。

属国であるチェキシアは、イシュメルがアスカムの王女を皇妃として迎えることに不服なようだ。何かと自分の娘を皇妃にし、属国との関係を強めた方がいいと主張してきた。

アリーヤがやってきてもなおも寄越すとは。

どうやら結婚式を挙げるまで粘るつもりのようだ。

「チェキシアも必死なのでしょうな。属国筆頭となっている今、帝国との結びつきをさらに強固にしておきたいと」

「結びつき、ね」

十三年前にあった属国の反乱のときに、イシュメルは敵対する国の王と話し合いをするため、チェキシア王に手助けを求めた。

それをチェキシア王はまるで手柄のように他国に触れ回っているのだ。自分がイシュメルを助けたのだと。

実際のところ、手助けを求めたというより、相手の国と帝国との間で煮え切らない態度を見せていたチェキシア王に、イシュメルが判断を迫ったのだ。

帝国側につくか、もしくは敵対するか、はっきりと決めろと。

震えあがりながらチェキシア王は帝国側につくことを選び、ご機嫌取りをするかのように素早く動き出しただけの話だ。

そこから、チェキシアが属国十か国の筆頭となったわけだが、最近は出しゃばりぶりに眉を顰めることが多い。

「チェキシア王の娘カリテア姫も、陛下のことをいたく気に入っている様子ですしね。以前お会いしたときは、それはもう……べったりとくっついて」

「あちらがそう思っていても、俺はそのつもりはない。何度も伝えているが、まったく聞く耳をもたないようだな、チェキシア王は」

困ったものだと重苦しい溜息が出る。

今さら何を言われても、アリーヤとの結婚は覆ることはない。イシュメルも覆すつもりもさらさらないというのに、無駄なあがきだと腹立たしくなった。

チェキシア王が執拗に送ってくる使者への対応に時間を取られ、そのしわ寄せが今やってきている。

余計に忙しいのはそのせいもあった。

「ですが、貴方がお忙しいのはチェキシア王のせいだけではないでしょう。何でもかんでも仕事をご自分ひとりでやろうと抱え込む癖を何とかしてくだされぱいいのに」

「暇は苦手なんだ。のんびりとした時間というのは性に合わん」

いつからこんな人間になってしまったのか。

追い立てられるように自分を忙しくさせるのが癖になっていた。

「ならば、アリーヤ姫と一緒に暇なときの過ごし方など少しでも学んできてくだされ。今度こそ、『家族』をつくるのでしょう?」

「……それもそうだな」

結婚を決めたとき、伴侶になる人を自分の母のようにはしないと決めた。

だから結婚式後にアリーヤと過ごす時間を無理矢理取り、互いを知るための時間をつくったのだ。

「昼食返上でもよろしければ、時間は作れますよ。どうぞ、顔を見せに行ってください」

モーガンはからかい交じりに言ってきたので、イシュメルはそれに反抗することなく素直に頷く。気分転換にアリーヤに会いに行くのはいい考えだと。

その際、あんな手紙をもらったのに手土産も持たずに行くのは忍びないと思い、何かいいものはないかと探した。

花は柄ではない。

そういえば、随分と前に狩りに行ったときに拾ったものがあったと思い出す。縁起ものだと喜んで持ち帰り部屋に飾っていたものだが、これならばちょうどいい。

白鳥の白い羽根を手に持ち、アリーヤの部屋に赴く。

「アリーヤ様は本を読みながらお休みになったようで……」

侍女が申し訳なさそうに言ってきたので、拍子抜けしてしまった。

「いや、いい。顔を見に来ただけだから、そのまま眠らせてやれ」

話ができないのは残念だが、わざわざ起こしてしまうのは可哀想だ。彼女のほうも異国にやってきたばかりだというのに精力的に動いているという。

部屋の中に入ると、侍女が言っていた通り、アリーヤはカウチに座り本を開いたまま眠りこけていた。

ふと本の中身が目に入り、読んでしまう。

あけすけな内容に目を丸くし、そっと彼女の手から本を抜き取り、表紙のタイトルを見た。

「……性の悦び……閨のマナー」

ふむ、と考え、眠るアリーヤを見下ろす。

どうやら、歴史だけではなくこれから迎えるであろう初夜についての勉強にも熱心なようだ。

話に聞いていた通りの勤勉ぶりに微笑ましくなる。

「あまり無茶はするなよ」

指先でプラチナブロンドの前髪に触れ、改めて彼女の顔を見つめた。

アリーヤの肌が白いのは知っていたが、それだけではなくとても綺麗だ。

髪の毛と同じ色の睫毛も長く、くっきりとした二重の溝が彼女の目の大きさを思い起こさせる。唇も桃色で、ふっくらとした下唇は触れたら柔らかそうだ。

一見幼く見えるが、美しい女性だ。

アリーヤは、今まさに開花しようとしている蕾のような人。

そんな蕾を、手ずから水を与えて開かせてみたいなんて思うのは、男の薄汚い欲だろうか。

湧き出たものを振り払うように、アリーヤの手にある本を取ってテーブルの上に置く。一応、積み重なっている本の真ん中に差し込み、見たことがバレないようにしておいた。

彼女の身体をそっと横たわらせ、着ている上着をかけてやる。

持ってきた羽根をどうしようかと思ったが、アリーヤの手に握らせることにした。これでイシュメルが来たことがすぐに分かるだろう。

もう一度彼女の寝顔を見つめる。

「俺も結婚式が待ち遠しいよ」

今日、直接伝えようとした言葉を口にして、部屋をあとにする。

――結婚式まであと五日。

結婚したら、めいいっぱい構い倒してやろう。

「ふふ……私自身が花束みたい。凄く綺麗ね」

鏡に映る自分を見て、色鮮やかさに思わず笑みがこぼれた。

純白の花嫁衣裳を身にまとったアリーヤは、さらに花で彩られている。

主に髪飾りとして生花を使われているのだが、太い三つ編みにも差され、髪の毛が花と一緒に足元に流れ込んでいるように見えた。

「会場はさらに花でいっぱいですよ。ジェダルザイオン帝国の花嫁は、女神が色とりどりの花で祝福してくださるんですよ」

「だからこんなに花で飾るのね」

百合（ゆり）にカーネーション、カスミソウにトルコキキョウ、アクセントにアイビーも。さらに飾るらしく、「もう少しじっとしていてくださいね」と言われる。

「イシュメル皇帝陛下はどんな格好をなさるのかしら」

アスカム国と同じで白い礼服なのだろうか。それともいつものように黒い服を着てくるのだろうか。

「それは、会場で実際にご自分の目でお確かめください」

「そうするわ」

お楽しみは多ければ多い方がいい。

待ちに待った結婚式なのだから。

（お会いできるのは久しぶりだわ）

一度会いに来てくれたが、アリーヤが眠っていたために話すことはできなかった。

その機会は二度と訪れなかったが、今日からはずっと一緒だ。

夫婦の誓いをして、その後初夜を迎える。

（ようやく勉強の成果を見せるときがくるのね）

アリーヤは、あらゆる分野の勉強をしてきた。

帝国の歴史に文化に、領土のこと。そして、閨のこと。

どれもこれも、アリーヤが皇妃として務めを十分に果たすため。

アリーヤはまた未来に向けて新たな一歩を踏み出した。

花で飾られた馬車に乗り広場へと向かう。

広場の周辺は人払いをされているらしく、市民は見当たらない。代わりに道に並ぶのは兵士たちだった。

胸には百合の花。馬車が通ると敬礼をしていく。

広場につくと、道を作るように天鵞絨（ビロード）の絨毯（じゅうたん）が広場の中心に向かって敷かれていた。

その先には、イシュメルの姿が。

白い礼服に身を包んだ夫になる人がいた。

階段を下り、一歩ずつ踏みしめるように広場へと向かう。彼へと続く階段は永遠に続くように思えたが、あっという間に降りきった。

「待ちに待ったときだな」

イシュメルが手を差し出す。

こくりと頷いたアリーヤは彼の手を取り、隣に並ぶ。

花に囲まれ、女神の祝福を受け、帝国の人々が見守る中、イシュメルとアリーヤは夫婦となった。

「イシュメル皇帝陛下、実は閨のことについていろいろと勉強したのですが、初めてのときはとても痛いとお聞きしました。それでお願いがあるのです。本来なら貴方にこの身を任せるべきなのでしょうが、ここは私に、……お任せ？　いえ、身を委ねての方がいいかしら」

寝室でうろうろとしながら、本番に向けて予行練習をする。

頭の中で何度もした予行練習だったが、直接これから本人に伝えると思うと緊張でジッとしていられなかった。

宴に参加したあとに、身体を清められ、薄布のネグリジェに着替えさせられた。

今日こそは酔っぱらって眠るなんて失態は犯せないと、酒に一切手をつけずにいた。料理に手をつけたのかも覚えていない。

今日から使うふたりの寝室だと案内された部屋に入り、イシュメルの到着を待つ。

その間、どう話を切り出そうかと考えあぐねていたのだ。

「いっそのこと、『すべて私にお任せください！』と言い切った方がいいかしら」

言い方は重要だ。何度練習しても不十分のような気がする。

二回しか会っていないが、どんなときもイシュメルは優しかった。

大人で、冷静沈着で、包容力があって。

第一印象のままの彼だったら、許してくれるかもしれない。「いいだろう」と言って、任せてくれるかも。

なればこちらも礼儀を尽くさなければ。十分に理由を話して、理解を得て、協力してもらうのだ。

「やっぱり、『お任せ願えますでしょうか』にしようかしら」

「何がだ？」

うーんと思い悩んでいると、ふいに後ろから声がかかる。驚き悲鳴を上げたあとに、そろりと振り返ると、そこにはいつの間にか寝室に入ってきていたイシュメルが立っていた。

「こ、皇帝陛下」

「それで？　何を任せるんだ？」

イシュメルはにやにやとしながら、再度聞いてくる。

「……あの……えっと……」

まだ心の準備ができていないアリーヤは、あんなにも練習したにも関わらずに何も言えずに誤魔化(ごまか)してしまった。

「何をだ？　アリーヤ」

それでもなお問い詰めてくるイシュメルは、どこか楽しそう。

顔を近づけてくるので、アリーヤは顔が真っ赤になってしまう。それも恥ずかしくて、両手で顔を覆い、ゆっくりと後ずさった。

「……何でもありませんから！　ほ、ほら！　陛下もお疲れでしょう？　座ってください！」

ベッドの前にまで行き、どうぞと手で誘導する。

クックッと笑いながら、イシュメルはそれに従いベッドに腰を下ろした。

「今日はご苦労だったな」

目の前に立つアリーヤの手を取った彼は、その手を引いて自分の隣に座るように導いてくる。

アリーヤもイシュメルの隣に腰を下ろした。

「陛下もお疲れさまでした。ずっと政務でお忙しかったのでしょう？　疲れていませんか？」

「まさか。まだ疲れてなどいられないだろう？　これからなのに」

これから、という含みのある言葉の意味に気付いて、緊張で身体をこわばらせた。

たしかに疲れるのはこれからだ。

「あと、ずっと言いたかったのですが、白い羽根、陛下がくださったのですよね？　ありがとうございます」

「花というのも柄ではなくてな。だから、俺がずっと持っていた幸運のお守りを。会えない間に、俺の代わりにな」

「陛下の代わり……」

そういう意味もあってくれたのかと、あの羽根を見つけたときの感動を思い出し、胸がジンと温かくなる。

何よりその気持ちが嬉しかった。

「じゃあ、なおのこと大事にしますね。今では、私にとってもお守りです」

イシュメルにもらったのが嬉しくて、ベッドの脇のサイドテーブルに飾ってある。

目を覚ませばそれが最初に目に入り、眠る前も直前まで見ていられることができるからだ。

「だが、これからは俺の代わりはもういらないだろう？　今日からは当分一緒だ」

「たしかに、そうです。でも、お守りであることには変わりありませんよ」

イシュメルから初めてもらったものだ、大切なのは変わりない。

「さて、アリーヤ。いい加減聞かせてもらおうか。何を任せてもらうんだ？　ん？」

「……それは、その……」

少し躊躇いながら考え、よし、腹を括ろうと決意を固める。

そして、くるりと身体ごとイシュメルの方に向けると、背筋を伸ばした。

「これから私たちは初夜に挑むわけですが」

「ああ、そうだな」

「それにあたり、話し合いの場を設けたいのです」

「いいだろう」

よかった、話し合いの第一歩は順調だと心が跳ね上がる。

この調子だと自分を鼓舞しながら、次の言葉を用意した。

「私、ここに来る前に閨の授業を受けました。そこで聞いたのです。初夜は女性側が痛い思いをすると」

イシュメルはアリーヤの言葉に耳を傾けながら、相槌を打つ。

「そこでどれほどの痛みなのだろうと考えたのです。……その、男性の身体にある……棒、をここに収めるのでしょう?」

アリーヤが下腹部を擦りながら言うと、イシュメルは「棒……」と吹き出していた。

「私の身体は小さいし、教本で見たような棒を挿入れたら絶対に痛いと思って、姉に聞いてみたのです。既婚者ですし。そうしたら、姉は流血沙汰になったと……」

今思い出しても末恐ろしい。青褪めて、キュッと手を握り締めた。

「それで対処方法を聞きました。すると、姉は男性に主導権を握らせるのではなく、女性が握ればいいのだと」

「なるほど」

口端を上げながらアリーヤの顔を覗き込むイシュメルを見ていると、自分がとんでもないことを言っているような気がしてくる。

羞恥心を押し隠しながら、アリーヤは思い切って本題を口にした。

「ですから、陛下、私に初夜の主導を任せていただきたいのです！　もちろん、こういう閨ごとは男性に女性が身を委ねるのが常だと分かっております。ですが、ここはどうか私に任せていただけませんでしょうか！」

一気にまくしたてる。少しでも躊躇ったら最後まで言えなくなりそうな気がしたからだ。

それから切実に訴えた。

イシュメルが粗野だとは思っていないし優しい方だと分かっているが、それでも痛むと分かっていることを他人に任せるのは怖い。

自分で制御した方が痛みが少なくいられるはずだと。

「姉はそれで痛みが軽減されたと言っております。私の方でもたくさん勉強をしてきました！」

「そうか、それで閨の本を熱心に読んでいたのか」

「え！　どうしてそれを……！」

イシュメルの前では読んでいないはずなのに、どうして読んでいたのを知っているのかと驚く。

だが、すぐにあの眠りこけてしまったときに見られたのだと思い至った。

「……あれを見られたなんて……お恥ずかしい……」

恥ずかしいところを見られてばかりだ、イシュメルには。

今すぐにでもベッドの中に潜り込んで、隠れてしまいたかった。

「何故恥ずかしがる。それだけ下準備をしてくれていたのだろう？」

「そ、そうですが……ふしだらな女だと思われたかもしれませんし……」

「ふしだらではなく、勤勉なのだろう？　何に対しても賢明なんだ、お前は」

そう言ってくれてありがたいけれど、やはり恥ずかしいものは恥ずかしい。

だが、そこまで分かっていたのであれば、もう開き直ってしまおう。恥ずかしがってばかりでは話が進まない。

「それで、いかがでしょう。私の提案を受け入れてくださると……嬉しいですが」

「そうだなぁ……」

そう言いながら、イシュメルはアリーヤの胸に伸びたプラチナブロンドの髪の毛を一束手に取る。そして指先に巻き付けて弄び、考える素振りを見せた。

「お前の願いを叶えてやりたいが、俺としてはお前を可愛がってあげたいという欲もある。悩ましいところだな」

「それは次回に持ち越しというのはいかがです？」

「だが、今すぐにでも可愛がって甘く啼かせてやりたいって気持ちが昂ってしまって、収まりそうもない。どうしてくれようか」

「……それは困りましたね」

「ああ、本当に悩ましいものだ」

そうか、やはりアリーヤが主導権を握りたいと思うように、イシュメルにも意見があるようだ。しかも、アリーヤを可愛がりたいとかなんとか。

どう折り合いをつけようかと悩んでいると、イシュメルはその姿をじぃっと見つめながら何やら楽しそうにしている。

こちらは真剣に考えているというのに、彼は今何を思っているのだろう。

考えが読めずに怪訝な顔をしていると、スッとイシュメルの手がアリーヤの頬に触れる。そして、そのまま首筋を撫でつけてきた。

「お前はとにかく痛い思いをするのが嫌なのだろう？　それ以外には？」

「いえ、それ以外には思い当たりませんでした」

「そうか。なら、痛みさえ何とかすればいいんだな」

それはそうなのだが、何とかなるものだろうか。

イシュメルの身体は大きくて、きっと棒も大きい。どうやっても小さな穴に大きなものを挿入れたら裂けるし、裂けたら痛いに決まっている。

にわかに信じられなくて疑いの目を向けた。

すると、イシュメルはにぃ、と口端を持ち上げて、目を細める。

そして言うのだ。

驚くべき言葉を。

「――賭けをしようじゃないか、アリーヤ」

第二章

「賭け、ですか？」

唐突に出された提案にきょとんとする。

こんな閨の場に賭け事を持ち出されるなど思っていなかったアリーヤは、どういうことなのかと怪訝な顔をした。

「もし、俺がお前に痛みを与えずに初夜を終わらせることができたら俺の勝ちだ。途中で痛みを感じ、これ以上は無理だと感じたらお前の勝ち。そのときは潔くお前にすべてを任せよう」

イシュメルは賭けについて説明してくれたが、アリーヤはさらに戸惑いを増すばかりだった。

こんな大事なことを、賭けなんかで決めてしまってもいいのだろうか。

腑に落ちないといった顔をしていたアリーヤを見て、イシュメルはさらに言い募る。

「今のお前には、初夜というのはとても恐ろしいものだと刷り込まれているだろう。だが、そうではないと俺は教えたい。痛いだけではない、もっと気持ちいいものがふたりの間に生まれるのだと」

首筋を撫でる手がくすぐったい。だが、くすぐったさの中に何か甘い疼きのようなものが生まれてきたのを感じて肩を竦めた。

「つまり皇帝陛下は、まずそれを試してみたいということでしょうか」

「そうだ。それに賭け事にしたらもっと気楽にできるだろう?」

情事は肩の力を抜いて、リラックスして挑むことが重要なのだとイシュメルは言う。

だから、賭けにして、もっと気楽に臨んだ方がいいだろうと。

「もちろん、俺が主導権を握っている間、こうしてほしいとかそういう指示はしてもらっていい。そこは勉強の成果を存分に発揮してくれ」

「分かりました」

「だが、お前が気持ちよくなっていると分かったら、俺も遠慮なくいかせてもらう」

遠慮なく、という言葉に少し怯んでしまうけれど、アリーヤは望むところだと気を取り直す。

「俺が負けたかどうかの判断はすべてお前に委ねられる。俺から攻めることになるが、それなら公平だろう? 俺が合格をもらえるかどうかはアリーヤ次第だ」

「ですが、それでは陛下が不利ではないですか?」

「それはどうかな?」

嘘でもアリーヤが痛いと言ってしまえばイシュメルは負けてしまうのに、どうやら彼は不利には思っていないらしい。おそらく負けるとも思っていないようだ。

だが、アリーヤだって絶対に痛くなる自信がある。

「分かりました。それでは勝負いたしましょう」

そう頷いて了承したものの、はたと気づいた。

もしかして、アリーヤが勝手にイシュメルの身体が大きいから棒も大きいだろうと思い込んでいるだけで、本当は小さいのかも。

だから、彼も自信を持ってそう言っているのかもしれない。

「ひとつお伺いしたいのですが、皇帝陛下の棒は、その……どのくらいの大きさなのです？」

「……棒」

またイシュメルは吹き出して笑う。

「もう！　私は真面目に聞いているのです！　だって、もしもそんなに大きくなければ、痛い思いをする心配はなくなるでしょう？」

「悪い悪い。言い方が面白くて」

彼は謝り笑うのをやめてくれた。

「まぁ、普通より多少大きいくらいだと思うが……確かめてみるか？」

「たしかめ……⁉」

そんな破廉恥な！　とアリーヤは飛び上がる。

「だが、お前が主導を取るときは、俺の棒を掴(つか)んでどうこうするのだろう？　そのくらいで怯んでいて、本当に主導できるのか?」

「……それは、たしかに」

イシュメルの上に乗り、挿入を自在に操るのだから、もちろん棒も握ったりもすることになるだろう。

見るだけで怯んでいては、握ることなどできるはずがない。

覚悟はできていると思っていたが、それは驕りだったようだ。棒もこの目で確かめる覚悟もなく握るつもりだったのかと己を叱咤する。

閨で主導権を取るためには、恥など無用。

「分かりました。それでは謹んで確かめさせていただきます」

着ているローブの上から触るのであれば、たいして抵抗なくできるだろう? と彼が言うので、直接見たり触ったりするよりは恥ずかしさが少ないかと頷く。

触っているところを直視はできなかったので、そっぽを向きながら恐る恐る隣に手を伸ばした。

だが、見もせずに手探り状態で目的の場所を目指したので、たしかに彼の身体に手を触れたのだが、それはどこの部分か分からなかった。

「ここは胸だ」

イシュメルが教えてくれたので。肌を伝って手を下ろしていく。

（……ここは胸……お腹……多分、ここがローブのサシュね）

そうなると、この下に目的のものがあるのだが、そこから動かすことができなかった。

覚悟を決めたはずなのに、それ以上の羞恥心がアリーヤの身体を支配してしまい、震えて動けなくなってしまったのだ。

どうにか動かそうとしたが、結局動かすことができない。

「……うぅ～……無理です……」

なんて不甲斐ないのだろう。こんなこともできないなんて。

こんなありさまで主導権を握るなどと豪語できたものだと、イシュメルも笑っているかもしれない。

どうしようと内心おろおろしていると、不意にイシュメルに手首を取られた。

慌ててそちらを見やると、彼はアリーヤの腕を見せつけるようにして傾け、手首を指さす。

「俺の棒は……そうだな、ここから」

そう言いながらツツツ……と肘に向かって指を滑らせていく。

「ここくらいだな」

肘より少し下のところで指を止めて、トントンと突く。

「太さはお前の手首くらいか」

手首、と空いている方の手で手首の太さを測った。

「どうだ？　何となく分かったか？」

分かった。おそらく、自分でローブの上から触るよりも分かりやすかった気がする。

「……大きい、ですね」

「お前の中に挿入(はい)いるときにはさらに大きくなる」

「さらに⁉」

これ以上大きく？　とぎょっとして目を見開いた。

これは裂けること確定だ。こんなものを挿入(い)れて痛くないはずがない。

これはもう、アリーヤの勝ちではないか。

「……これで痛みを感じさせずに最後までするなんて無理では？」

勝ちを確信しつつも声が震えていた。どれほどの痛みが襲ってくるのだろうと考えるだけで血の気が引いていきそうだった。

「それを今から確かめるんだろう？」

「ですが、やはり私が主導権を握った方がよろしいのでは……」

「賭けに乗ると賛同しただろう。撤回はなしだ、アリーヤ」

ちゃんと確かめてから承諾すればよかったと後悔してもあとの祭り。

もう賭けは始まってしまっていた。

イシュメルはアリーヤの身体を持ち上げ、自分の膝の上に横向きに座らせる。

「さて、最初はキスからが定石だが、お前の勉強ではどうだった？」

「同じくキスからと。もしくは、抱き合い、手を握るところから」

「なるほど。なら、手を繋ぐところから始めようか」

先ほど掴まれた手首はそのまま彼に囚われている。

イシュメルはその手をアリーヤの掌に移動させ、指を絡ませるように握り締めた。

ぎゅっと、優しく、覆うように。

改めて、ふたりの手の大きさの違いを感じてしまう。

「お前はどこもかしこも小さいな」

「子どもっぽいということでしょうか」

兄や姉からはよく言われ慣れている言葉だが、イシュメルから言われるのは悲しい。彼にはそう思ってほしくなかった。

だが、イシュメルは首を横に振る。

「いいや、小さくて可愛らしくて、つい守ってやりたくなるってことだよ」

もう片方の手を背中に回し、自分の方にアリーヤを抱き寄せる。

「俺が力を込めたら潰してしまいそうだ。だから、そんなお前に痛い思いをさせるはずがない」

彼の胸板に顔を埋め、鼓動とぬくもりを感じていると、チュッと額にキスをされた。

「俺を信じて委ねてくれ、アリーヤ」

イシュメルの鼓動に呼応しているのだろうか。アリーヤの心臓もトクトクと脈打っては鼓動を大きくしていく。

「キスだけは自分からしてみるか？」

ゆっくりと顔を上げると、イシュメルは優しい黒の瞳でこちらを見下ろしていた。

アリーヤとしてはどちらでもよかったが、これは彼が今回見せてくれた譲歩なのだろうと思い、ゆっくりと頷く。

（キスは、唇と唇を重ねるだけ）

先ほど結婚式でもしたから、どんなものか知っている。一度経験していれば、自らしかけることも容易(たやす)い。

アリーヤは伏し目がちになりながら、ゆっくりとイシュメルの唇に己の唇を近づけた。

ふに、と柔らかなそれが唇に当たる。

その瞬間、羞恥と言葉にできない感情がぶわりと胸の内から湧き上がり、全身へと伝わっていった。

これはどういう感情なのだろう。

誓いのキスのときとは違う、温かな、そして肌の下がそわりと疼くような感覚。

恥ずかしいけれど、もっとくっついていたい。はしたないけれど、イシュメルが許してくれるのであればもう少しキスをしていたい。

「重ねるだけか？」

少し距離を空けて聞いてくるイシュメルは、少し意地悪そうな顔をしている。

「……舌を入れると、本には書いてありました。ですが、入れたあとどうするかは……具体的には書いていなくて」

正直、ここまでしか分からない。

そう白状すると、今度はイシュメルがアリーヤの顎に手を添えてきた。

「なら、ここからは俺が教えよう」

薄すらと開いた唇が、アリーヤの唇を食むむ。

先ほどまではくっつけるだけだったそれが、徐々に繋がりが深くなっていくのだ。

粘膜が重なり合い、息ができなくなるほどに繋がり合う。

「俺の舌を中に迎え入れてくれ」

艶のある声で囁かれ、アリーヤは小さく口を開ける。

すると、その隙間にねじ込むように舌を差し入れられて、びくりと肩が跳ねた。

「……ンっ」

肉厚の熱い舌が、ぬるりと口内へと入ってくる。

驚いて引っ込めたアリーヤの舌を絡め取り、舌先で擦ってきたり、口内を舐ってみたり、唾液を啜ってみたり。ありとあらゆる方法で、アリーヤの口内を蹂躙していった。

特に上顎を擦られると、腰が甘く疼くほどの快楽が流れ落ちてきて、声が漏れてしまう。

だからだろうか、イシュメルはそこを執拗に攻めてきては、アリーヤを弄んだ。

もっと声を出せとばかりに舌先で擦り、歯列をもくすぐってくる。

角度を変えてまた深く口を吸われ、吐息すらも奪われてしまいそう。

どうやって息をしたらいいのか分からず、苦しさに喘いでいたが、イシュメルが口を離して「息をしろ」と導いてくれた。

鼻で息をしてみろと。

言われたとおりにするとようやく身体に空気が入って、アリーヤはホッとした。

だが、もう手遅れなのか頭がぼうっとして、上手く働かない。熱が籠もって、思考すらも霞んでしまう。

アリーヤの背中を擦る手も熱く、うっとりするほど心地いい。

唾液が絡まる音が淫靡で、漏れ出る自分の声ですらも甘く聞こえる。

こちらはこんなにも溺れそうになっているというのに、イシュメルは余裕綽々でうらめしい。

もっとアリーヤのように乱れてくれてもいいのにと思うが、いくら経っても翻弄されるのはアリーヤだけで、乱れるのもこちらだけだった。

「……ンぁ……あぁ……へい、か……ンぅ……もう、息が……」

鼻で息をしていても、こんなに激しく口の中を犯されたら呼吸もままならない。

少し休ませてくれと、胸に縋り付いてお願いをすると、彼はいったん口を離し、頬や顎に唇を落として「ん？」と楽しそうに聞いてきた。

「もうキスは終わりか？」

「……もう、先に進んでも……」

「そう焦るな。気持ちよくなれる身体を作るためには、時間をかけてじっくりと準備をしなければ。キスだってその下準備のひとつだ」

下唇を舐められ、再度口を塞がれた。

口の中を弄られるのがこんなにも気持ちよくなるなんて知らなかった。

気持ちよさを教え込まれて、もし食事するときにも感じてしまったらどうしよう。

そんな心配をしてしまうほどに、アリーヤはイシュメルとのキスに夢中になり、心を奪われた。

「キスはどうだ？」

「え？」

「痛くはないか？　不快だったりは？」

「……ぁ……しま、せん……」

背中を撫でつけていた手が脇に移動し、そのまま肩へと向かっていく。

ネグリジェの肩紐に手をかけられ、このまま脱がされてしまうのだと覚悟を決めた。

ところが、イシュメルは脱がさずに、肩紐を焦らすように撫でつける。

これをどうしてくれようかと言わんばかりに。

脱がされてしまうのか、それともまだこのままなのか。

どちらか分からないドキドキを味わいながら、アリーヤは舌を吸われて小さく喘いだ。

「なら、キスは気持ちいい？」

「……きもちいい、です」

脳が溶けてしまいそう。

じわじわと肌の下で熱がくすぶって、熱くて、どうにかなってしまいそうで。

未知の感覚に震えながらも、アリーヤはたしかに気持ちよさを感じていた。

「素直でいい子だ。その調子で気持ちよかったらちゃんと口で言ってくれ。じゃないと、お前のどこを触ったら気持ちよくさせられるか分からないからな」

「……そんな……恥ずかしい……」

気持ちよくなるたびに口にしていたら、それこそはしたないのではと、アリーヤは首をゆるゆると横に振る。

すると、イシュメルは膝の上に乗せていたアリーヤの身体を再び持ち上げ、ベッドに押し倒した。

背中や頭に感じるベッドの感触。そして、こちらを見下ろすイシュメルの顔。

それらが、アリーヤに生々しさを感じさせて、思わず息を呑んだ。

「アリーヤは痛くされたくないのだろう?」

無言で頷く。

「なら、俺に協力してくれないとな」

今度は焦らすことなくネグリジェを脱がせたイシュメルは、脚から下着も抜き取り、アリーヤを丸裸にしてしまった。

「ほら、ここはどうだ?」

そう言いながら掌を首筋に当て、優しく撫でてくる。そればかりではなく、デコルテに向けて滑らせて、まるで肌の手触りを楽しむかのように上下に滑らせてきた。

「……ン……わかりません……」

何となく首の後ろがソワソワするのは分かるが、それが気持ちいいと言えるものかは分からない。嘘はつきたくなかったので、正直に答えた。

「分かった。じゃあ、もう少し探ってみよう」

言葉の通り、イシュメルはアリーヤの身体のあらゆるところに手を這わせて、気持ちよくなれるところを探し始める。

最初こそ少しくすぐったいくらいだったものが、イシュメルの手が滑るたびに甘い疼きが生まれてきた。

特に脇と胸の下、首筋、臍の周辺、鼠径部を撫でつけられると声が出てしまいそうになる。

じわじわと広がっていく、気持ちいい箇所。

今度は耳までもが弄られて、こんなところまでもが気持ちよくなってしまうのかと動揺した。

耳朶をくにくにと揉まれ、耳の穴にも指を入れられてしまう。

すると、自分の押し殺した声が頭の中で反響して大きく聞こえてくるのだ。

その瞬間、肌の下で燻っていた熱が一気に表に出てきて体温を上げていく。

「……あっ……まって……あぁ……あっ」

そこからは身体の高揚が収まらず、アリーヤはさらに敏感になっていった。

イシュメルも攻める手を大胆にしていく。

乳房を持ち上げてゆっくりと揉み上げ、そこを中心に弄んできた。

顔の幼さに反してしっかりと成長しているアリーヤの胸は、イシュメルの大きな手で包んでも少々はみ出るようだ。

おかげで掴みやすいのか両胸を鷲掴みにし、大きな円を描きながら揉んできた。

自分の乳房が彼の手の中で形を変えていく様は、恥ずかしすぎて直視できない。

さらに指の間からピンと勃ち上がっている乳首が卑猥で、目を覆う指の隙間からそれが見えると、背筋がゾクゾクと震えた。

「……ふぁ……あっ……ンぁ……」

どこかもどかしい。

身体が高揚し肌も敏感になってきているが、どこか中途半端なような、どこか突き抜けたものがないというか何とも言えない感覚が続いていく。

このもどかしさをどうしたらいいのだろう。

アリーヤは無意識に腰を揺らし、どうにかそれを逃がそうとした。

「どうした。腰が揺れている」

すかさず指摘されてしまったが、我慢しようとしてもできない。息が上がり、熱くもなり、何故こんな風になってしまっているのか分からずにイシュメルに助けを求めた。

「……だって、もどかしくて、どうしていいか分からなくて……」

こんなことになっているのだと目で助けを求めると、彼は乳暈の縁を指先でくるくるとなぞり始めた。

するると、先ほどよりももっと明確な快楽が流れ込んでくる。

「……あぅ……ンんっ……んぁ……」

一瞬もどかしさが解消されたような気がしたが、また戻ってきた。

もっとしてもらったら、解消されるのだろうか。

もっと触ってもらったら、この熱を発散できるのか。

「もっと触ろうか？」

「……は、い……」

思わずシーツを握り締めた。

ところが、同じように触られると思いきや、イシュメルは胸の頂を摘まみだしたのだ。

硬くしこっている乳首を指先でこね、キュッと上に引っ張る。

「うあっぅ……！」

気が付かないうちに腰が跳ね上がっていた。

ビクビクとイシュメルが指でこねくり回すたびに、雷に打たれたように身体が波打った。

頭がじぃんと痺(しび)れる。

アリーヤが望んでいたさらに強い刺激を与えられて、アリーヤは悦びの声を上げた。

はしたなく、本当に自分の声かと疑うような甘い声が。

「気持ちいいな」

そう問われて、素直に頷いた。

「……んぁ……あぁう……あっあっ……ひぁっンっ」

ピンと弾(はじ)かれ、側面を擦られる。何をされても気持ちよくて、もどかしさが消えていく。

「指だけではなく、口でも可愛がってやりたいが……どうだ？」

「……わからな……ひぁンっ！」

イシュメルの好きにしていいと言おうと思ったが、その前に彼の指が意地悪く乳首をぎゅっと強く押し潰した。

「アリーヤ、ここをもっと可愛がってもいいだろうか？」

今度はコクコクと頷く。

イシュメルは「ありがとう」と礼を言うと、見せつけるようにして右側の胸に舌を伸ばしてきた。

彼の真っ赤な舌が桃色に色づいた乳首に到達すると、ゆっくりと舐め上げる。その瞬間、ざらりとした感触が襲ってきて、また新たな刺激に声を上げた。

情事とはこんなにも翻弄されるものなのかと、新たなことを知るたびに目を白黒させている。身体だけではなく心までも曝け出している、そんな気がするのだ。取り繕う余裕すらないのだから。

口に含まれた胸の飾りは、彼になされるがままだ。

舐られて、吸われて、甘噛みされて。

その間ももう片方の胸は指で弄られて。

閨の教本にもいわゆる「前戯」といわれるものの説明があったが、それを読んだときは正直何のためにするのか分からなかった。

挿入する部分を弄るのなら分かる。慣らすために弄るのだとアリーヤにも理解できたが、胸や首や足などに触れて何になるのだろうと。

だが、イシュメルの愛撫(あいぶ)によって思い知らされた。

女性の身体というのは、膣(ちつ)を触らなくても濡れてくるのだと。さらに余計な力が身体から抜けていくのだ。

「……あっあっ……あぁっ……んぁあ……はぁ……あぁンっ」

くちゅくちゅと音を立てながら胸を吸われている間に、イシュメルの手がゆっくりと下っていく。

臍をくすぐり、鼠径部へ。

脚の付け根は皮膚が薄いせいか、イシュメルの手の感触を強く感じる。

秘所に指がすぐ及んでくるかと思いきや、内股に滑り込んでまた焦らしてきた。

内腿(うちもも)から下腹部へと疼きが伝わっていく。胸への愛撫もあいまって、秘所の奥から蜜が零(こぼ)れ落ちてきた。秘裂から内腿に滴り、穢(けが)していく。

「ここを解していこうな。俺の棒がちゃんと挿入いるように」

「……はい」

さて、ここからが本番だ。文字通り、今までは前戯だった。

秘所の中をまさぐられたら、おそらく痛みを感じてしまうだろう。

先ほどまで快楽で抜けていた力が戻ってきて、身体が緊張で強張(こわば)る。

イシュメルの指が秘裂に触れたとき、さらにガチガチに固まってしまい力が入ってしまった。

(……怖い)

本能的に恐怖を感じて、近くにあった枕に手を伸ばして握り締める。

「アリーヤ、舌で胸を弄られるのは気持ちよかっただろう?」

イシュメルは舌を見せてきた。

「……気持ちよかったです」

驚くほどに、想像以上に気持ちよかったと頷く。

すると、彼はアリーヤの両腿を抱えて脚の間に顔を寄せた。

「じゃあ、こっちも舌で気持ちよくしてやろうな」

「……え? そこを……?」

そんなところを舐めるのかと驚いていると、イシュメルの舌先が秘裂をこじ開けてくる。ありえない場所に柔らかいものが当たって、新たな刺激がアリーヤを襲ってきた。

「ここをたくさん舐めて、柔らかくして、トロトロにするんだ。挿入れるときに、痛くないように。たくさん、たくさん、な」

これからアリーヤが想像もつかないほどのいやらしいことをするのだと宣言されているような気がして、ドキドキする。

(……たくさん、舐めて、トロトロ……どうしましょう)

先ほどからイシュメルの言葉に偽りはなかった。

だから、本当にそうされてしまうのだろう。

さらに舌が奥に潜り込ませて、媚肉を撫でつけてきた。ゆっくりと押しては解すように舐め回し、ふやかすように唾液を注ぎ込む。

舌先を細めて蜜口に差し入れると、膣壁を押し広げていった。

「……ふぁ……あぁ……あっ……ンぁあ……ぅあ」

内側が優しく、でもどこか強引に暴かれていく。

いつ痛みが襲い掛かってくるのかと怯える間もなく、イシュメルの舌は快楽を次から次へともたらし、息を継ぐ暇もない。

それだけでもついていくので精いっぱいなのに、イシュメルは肉芽の包皮を指で剥いてきた。

すると、今までにないくらいの強烈な快楽が突き抜け、アリーヤは身体をくねらせた。

剥き出しになったそこを唇で突き、吸い付いてきたのだ。

「なに……？　そこ、……こわい……はぁ、あぁ……あっ。ダメ……」

まるでそこにすべての神経が集中しているかのよう。

ぷっくりと膨れたそこは、イシュメルが弄れば弄るほどに熟れてさらに敏感になっていった。

「……も、そこ、……ダメぇ……っ！　……おかしくなっちゃ、うっ……ンぁ……あぁっ！」

これから本当に痛くなるのだろうか。

この身体は気持ちいいところだらけなのに、痛くなる要素が見当たらない。

（ほらやっぱり痛いと陛下に真実をお告げして、主導権を取ろうと思ったのに……それなのにぃ……！）

賭けのことも忘れてしまいそうなほどに、身体も頭も蕩けてしまっている。

「入り口がヒクヒクしてきたな。もう少しでイけそうか？」

「……イけ？　……ぁ……どういう、意味、ですか……？」

「ここに快楽が溜まって弾けそうになってきたか？」

ここ、と下腹部を指された。

言われたように、快楽がそこに集まってきて、身体を突き上げてきている。何かの拍子に突き抜けそうな衝動が、何度も襲い掛かってくるのだ。

それが「イく」ということならば、そうなのだろう。

イった先に何があるのか。アリーヤはそれも知りたくてこくりと頷いた。

「感じやすくて素直な身体だ。お前の性格と同じだな、アリーヤ」

――ほら、イってみろ。

イシュメルはそう囁くと、思い切り肉芽を吸ってきた。

じゅるじゅるという音とともに、快楽の塊が下腹部で膨れ上がり、一気に弾ける。

子宮から頭の先まで突き抜ける快楽に意識が真っ白になり、息をするのも忘れて絶頂の衝撃を受け止め続けた。

脚の指先が強張り、腰がビクンビクンと飛び跳ねる。

快楽の波が続き、余韻が収まらない。驟雨(しゅうう)のように押し寄せては、アリーヤを長い間翻弄し続けた。

「覚えておけ。これがイくということだ。これから何回も味わうことになる」

こんな強烈なものを何回も?

アリーヤは目で問うと、彼はヒクつく蜜口に指を差し入れてくる。

「そうだ。何度も何度も気持ちよくなって……痛みなんか感じないくらいになろうな」

優しい声とは裏腹に、イシュメルの攻める手は緩まない。

胸の頂を口に食み、吸いながら指を秘所の奥の方へと進めた。

蜜かはたまたイシュメルの唾液か分からないものが指に絡みつき、ぬめりをよくしてくれている。おかげで違和感なく、驚くほどあっけなく指を受け入れることができた。

秘所がシーツに蜜が滴るほどに濡れているせいもあるが、何より胸への愛撫で得られる快楽が指の侵入から気を逸(そ)らしてくれていることも大きいのだろう。

「痛いか?」

「……いたく……ンぁ……いたくない、です……あぁっ!」

「そうか。じゃあ、もっと頑張ってみような」

ぐるりと指を回し、隘路を広げていく。

同時にちゅう……と乳首を吸われて、流れてくる快楽に身体が従順に反応した。

おかげでイシュメルの指を締め付けてしまったのだろう。彼はくすりと笑う。

「俺の指を食いちぎらんばかりに感じてくれるのは嬉しいが、動かしづらくなるぞ。ほら、力を抜け」

言われたとおりに深呼吸をして身体の力を抜く。

イシュメルが「上手だ」と褒めてくれる声を聞いて、胸がじぃんと熱くなった。

彼は何度も褒めてくれる。初心者であるアリーヤに呆れることなく、主導権を握るなんて豪語しながらもこんな体たらくだったアリーヤに嫌がることなく。

ゆっくりと優しく身体を開き、「ほら、気持ちいいだろう?」と身体だけではなく心も導いてくれている。

それがただ嬉しい。

心が満ち満ちていく。

指が二本に増えて圧迫感が増えても痛みを感じることなく、アリーヤの身体は快楽だけを感じ続けていた。

ある箇所を指の腹で擦られると、腰が浮いてしまうほどに感じてしまって、イシュメルはそこを重点的に攻め始める。

喘ぐ声が止まらない。

快楽に翻弄され、身体を変えられていく。

閨の本で膣を慣らすと書いてあったが、こんなに時間をかけるとは思わなかった。

「……あぁ……また……イってしまいそう……ひぁっあぁ……ンぁっ」

「何度だってどうぞ」

そう言いながら、一等感じるその場所をぐりぐりと押してきた。

ほら、イってしまえとばかりに。

アリーヤは抗うこともできずに、あっけなく果ててしまう。

そのあと、イシュメルの言葉通りに何度も何度も高みに上げられては、膣内を広げられていった。

指も三本から四本と増やされ、抜き差しされるたびにグポグポと音がする。

そのくらい解れているのが音からも分かるし、感覚としても奥まで開かれている感じがしていた。

トロトロに蕩かされて、もう前後不覚になってしまうまでイかされて。

喘ぎ声も掠れて、身体にも力が入らずにされるがままになってしまっている。

ただ気持ちいいということしか分からない。

「アリーヤ、大丈夫かアリーヤ」

「……は、い」

かろうじてといったところだが、まだ気を失わずにいる。

これで終わりならいいのだが、これからが本番だ。アリーヤが一番身構えなければならないことが待っている。

けれども、怖い、不安だという負の感情を抱くこともできないほどに、頭がぼぅっとして上手く働かない。

もう頭がおかしくなってしまいそうと思いながらも、熱に浮かされ続けていた。

「これからお前が待ちに待っていたこれを挿入しようと思うのだが、心の準備はいいか？」

「……もうじゅうぶんです……いっぱい、準備、してもらいましたから……」

だから、もう先に進んでほしい。

そうでないと、本当に気をやってしまいそうだ。

すると、イシュメルはサシュを解き、ローブを脱ぐ。

その下からは、逞しい胸板が出てきてアリーヤはどきりと胸を高鳴らせた。

さらに驚いたのは、胸板から下に目をやったときに飛び込んできたそれだ。

——いわゆる、棒。

先ほどは怯んでお目見えできなかったイシュメルの棒が、彼の腹にくっつかんばかりにそそり立っていた。

「……うそ……さっき言っていたものより大きいです……」

「さらに大きくなると言っただろう?」

言っていた、たしかに。

だが、こんなにも大きくて長くて、凶悪そうだなんて聞いていなかった。血管が浮いて見るからに硬そうでもある。

これを初夜で無理矢理ねじ込まれたら、流血沙汰も納得だ。むしろ、皆よくこれに耐えて初夜を乗り越えられたなと、改めて感心してしまった。

「……は、はいりません」

「解したし、指も四本咥え込めるほどになっている。違和感はあるかもしれないけれど、挿入いることは挿入いるだろう」

屹立の穂先を蜜口に当てられて、アリーヤは身構える。

消えていたはずの恐怖や不安が甦ってきて、息を止めてしまった。

ところが、怯えるアリーヤを宥めるようにイシュメルが優しい口づけをしてくれる。

唇を繰り返し啄み、こちらだけを見ろと言わんばかりに優しいキスが降り注いだ。

「俺を信じるか? アリーヤ」

不安や安堵、恐怖や悦びがないまぜになって、よく分からない感情のままに頷く。

どんな気持ちであろうとも、イシュメルを信じることには変わりないからだ。

「お前が痛がったらやめる。そして俺の負けだ。俺は負けたくない。だから全力で優しく抱いてやる」

「……はい」

「賭けとはいえ、怖いだろうに一旦は俺に主導権を渡してくれたんだ。お前の期待に応えるよ、アリーヤ」

最後に眉間にキスをされ、アリーヤはコクコクと頷いた。

痛いか痛くないか、それだけに固執して考えていたアリーヤに、イシュメルは痛い思いをしないように最大限のことをしてくれている。

早い話、情事は膣に棒の出し入れをして、最後に中に子種を注げば済む。それだけで成り立ってしまうのだ。

だが、イシュメルはそうはしなかった。

アリーヤが怖くないように声をかけ、全身をゆっくりと高めていき、時間をかけて秘所を解してくれている。

それだけ手間も暇もかけてくれているというのに、優しさをくれているというのに、信じないわけがない。

今では、この人になら痛くされてもいいと思える。

ここまでされて痛いのであれば、もう仕方がないのだと思えるほどに。

「信じます、陛下を。──私のすべてを預けますね」

にこりと微笑んで、イシュメルの首に手を回して抱きついた。

指で媚肉を広げながら穂先を潜り込ませてくる。

入り口は蜜で滑(ぬめ)りけを帯びているので、ゆっくりではあるが着実に呑み込んでいっていた。

「……ふぅ……うぅン……ん……」

まだ痛くない。

異物感はあるがそれだけだ。

その先はどうなのかと考えていると、イシュメルが指で肉芽を弄り始めた。

挿入ったままの状態で弄られても脳が痺れてしまうほどの快楽をもたらすそこは、自分の中を屹立が穿(うが)っていっていることを忘れさせる。

また子宮から突き上げるような衝動が大きくなっていって、絶頂へと身体が高まっていっていた。

アリーヤはこの状態でもイかされてしまうのかと慌てたが、彼の手管に敵(かな)うはずもなく、屹立をきゅうきゅうと締め付ける。

「……ンぁ……ふぅっンぁっ……あっ、また……あぁっ!」

ビクンと身体が波打ち、絶頂を迎えた。

それと同時に、イシュメルの屹立がグイっと奥まで挿入ってしまったのだ。

絶頂の衝撃と、挿入の衝撃を一気に味わったアリーヤはロを開けたまましばらく動けなくなり、身体を痙攣させる。

膣壁が奥を穿つ屹立に絡みつき、まるで歓迎しているかのよう。

余韻で呻くアリーヤの顔を覗き込んできたイシュメルは、さらに驚くべきことを告げてきた。

「見てみろ、アリーヤ。お前のここ、俺の棒をすべて咥え込んでいる」

腰を持ち上げられ、接合部を見せられる。

イシュメルの腰と、アリーヤの尻がぴったりと合わさっているのを見て目を見開いた。

「……本当に、全部?」

圧迫感は凄いものの、一気に奥まで挿入ってきたときに痛みは感じなかった。今もそうだ、痛みはない。

むしろ、肉壁が蠢き屹立を締め付けるので、ここに本当に収まったのだとまざまざと実感できる。

薄い腹の上から擦り、よく痛みもなく受け入れられたものだと感激していた。

「……凄いです、陛下……本当に、私……怖かったのに、でも、ちゃんと……」

「ああ、そうだな。ちゃんと受け入れられた」

涙ぐむアリーヤの頭を撫で褒めてくれる。その優しさがまた涙を誘った。

すぐに動くのかと思いきや、イシュメルは動かずにじっとしている。

このあとは動いて最後にイシュメルが子種を出すだけなのだが、どうしたのだろうと不思議そうな顔をしていると、彼は背中に手を回してぎゅっと抱き締めてきた。

「馴染むまで、もう少しこのまま」

なるほど、すぐに動いてしまうのではなく、これもアリーヤのために動かずにいてくれているのだ。

どこまでもアリーヤのことを考えてくれる。

そう思うと、胸とそして下腹部がきゅうんと切なくなった。

「こら、締め付けるな。こっちは今すぐ動きたいのを我慢しているんだぞ」

「……だって、陛下の優しさが嬉しくて……」

それに心も身体も反応してしまい、アリーヤにはどうすることもできなかった。

「我慢しないで、動いてください」

「だが、痛むかもしれない」

「……それでもいいって言ったら、動いてくれます？」

ちらりとイシュメルの顔を見る。

「もう陛下の勝ちでいいので、動いてくださいって言ったら……ダメ、ですか？」

息を呑む音が聞こえてきたと思ったら、噛みつくようなキスをされた。

穂先で最奥をぐりぐりと抉られアリーヤが啼くと、イシュメルは小刻みに腰を動かす。

先ほどまで見せていた紳士な態度とは違い、欲を孕んだ雄の顔を見せてきた。眉根を寄せて、目をギラつかせている。

「……ひぁっ……あぁう……あっあっ……ンぁあっ！」

猛々しい熱杭が中を擦り、膣壁を抉るように動いては刺激を与え続けた。

「お前が先ほど弄られてよがっていたところだ。ここを擦られるともっと気持ちいいだろう？」

一等感じるそこを執拗に虐められると、媚肉が震えてもっとほしいと言わんばかりに屹立を締め上げてしまう。

いやらしく動く膣壁も奥へ奥へと誘っては蜜を吐き出して、イシュメルの動きをスムーズにしていっていた。

（痛いなんて嘘じゃない！）

思わず心の中で叫ぶ。

あんなに決死の覚悟で挑んだというのに、イシュメルと賭けをしてまで主導権を握って痛みを回避しようとしていたのに。

あの努力は何だったのかと思ってしまうほどに、アリーヤはイシュメルから快感しか与えられていなかった。

あんな大きなものが胎の中を暴れているというのに気持ちいい。

奥まで穿たれ、激しく揺さぶられているというのに、アリーヤはもう何度目か分からない絶頂をまた迎えようとしていた。

「……はぁ、ン……あぁ……へぃ。かぁ……」

「イってしまいそうなんだな？」

その通りだと頷くと、彼はアリーヤの身体を密着させてくる。腕の中に閉じ込めて、腰の動きを速くしてきた。

腰が当たる音が部屋の中に響き、アリーヤのあられもない声とイシュメルの荒い息遣いが聞こえてくる。

「……あっ……ひあぁ……あっあっ……あぁー！」

「……っ」

奔流のようなものがせり上がり、一気に弾けた。

目の前が明滅し、深い絶頂の波に揺蕩う。

アリーヤの中にどくどくと脈打ちながら注ぎ込まれているのは、イシュメルの子種なのだろう。

何度も何度も小刻みに腰を動かしながらアリーヤに注ぎ、すべてを吐き出した。

汚れた身体を清められ、イシュメルの腕の中に閉じ込められながらベッドに横たわりながら先ほどのことを考えた。

——これが初夜。

これが、夫婦の営みというものなのだ、と。

何て温かなものなのだろう。

のしかかるイシュメルの肌の体温が心地よく、すっぽりと腕の中に閉じ込められる包容感も気持ちがいい。

突き抜けるような強烈な快楽とは違い、じわじわと心が温かくなり、ほわほわと浮き足立つようなものをくれる。

家族と抱き合うときとは違う、もっと胸を締め付けられるものをイシュメルはくれるのだ。

「……陛下」

「ん?」

頭が蕩けそうなほどの心地よさの中、アリーヤはイシュメルを呼ぶ。

優しい瞳がこちらを見下ろし次の言葉を待っているが、どう言葉にしていいか分からずに、彼の胸に顔をぐりぐりと押し付けた。

「陛下」

でも何かを言いたいのだ。

この胸の中に溢れる形容しがたい感情を、どうにかこうにか形にしてイシュメルに伝えたい。

もどかしさに眉尻を下げる。

「もう名実ともに夫婦になったんだ。『イシュメル』と呼んでくれ。『陛下』は他人行儀がすぎる」

そんなアリーヤに彼はまた嬉しい言葉をくれる。

初夜も済んでまごうことなく夫婦になったのだから、もっと親しみを込めた呼び方にしてほしいと言ってくれたのだ。

アリーヤは喜んで勢いよく顔を上げる。

「イシュメル様？」

「ああ」

「イシュメル様。……イシュメル様！」

嬉しくて何度も名前を呼ぶ。

イシュメルはそんなアリーヤの頭を撫でながら返事をしてくれた。

初めてのふたりの夜は、身体とともに心も近づいたことを実感させてくれる、そんな夜だった。

「……全然痛くなかった」

翌朝、といってももう昼近くだったが、目を覚ましたアリーヤが最初に心に浮かんだ言葉がそれだった。

無意識に口に出していたらしい。

おかげで、先に起きて、ベッド脇の椅子に座りお茶を飲んでいたイシュメルの耳に届いてしまっていた。

クククと押し殺した笑い声が聞こえてくる。

「おはよう、アリーヤ」

「……おはようございます、イシュメル様」

恥ずかしいところを見られてしまったと毛布に顔の下半分を隠しながら答えた。

近寄ってきたイシュメルは見えている額にキスをしてくる。

「身体はどうだ？　辛かったり痛かったりしないか？」

「気怠さはありますが、大丈夫です」

正直言えば、秘所に何かが挟まっている感じはするものの、それを口にするのは憚られた。

痛さはない。腰の怠さと全身の倦怠感、それだけ。

昨夜あれほど身体をまさぐられたのだ、疲れが翌日に残るのも当然だろう。

「今日はゆっくりした方がいいな」

「せっかくふたりでいられますのに。結婚後のふたりきりの時間を蜜月と言うのでしょう？

私、蜜月をイシュメル様とたくさん楽しみたいです」

ジェダルザイオン帝国にやってきてから、ずっとイシュメルといられる時間がなかった。

だから、時間が許す限り一緒にいたい。

一緒にいるだけではなく、いろんなことをしたいのだ。

彼にもっと帝国の美味しい食べ物を教えてもらいたいし、歴史も教えてもらいたい。

結婚式を執り行った広場にいって、教えてくれたはじまりの五人の話をもっと聞かせてほしいし、街中を歩き回りたい。城の中だっていい。

時間を取らなければできないことを一緒にしてみたいと思っていたのだ。

「だが、身体が辛いだろう?」

無理はいけないとイシュメルにたしなめられる。

彼が心配してくれている気持ちも分かるが、一方でどうしても一緒に過ごしたい気持ちも治めることができなかった。

「蜜月の期間は多くとってある。そんなに急がなくても俺は当分は側にいるから、まずは身体を休めろ。ここで無理をしてのちに響いたらそれこそ楽しめなくなる」

イシュメルがそう言ってくれるならと、アリーヤは頷く。

「ですが、もし午後から調子がよかったら、一緒に城の中を散策してくださいますか? ある程度は回ったのですが、長年住んでいるイシュメル様の案内も受けたいです」

「もちろん案内しよう。俺だけが知っている秘密の場所も教えてやる」

約束をして、朝食をとったあとにまた一休みをした。

次に目を覚ますと体調はよくなっていて、これならば城内散策ができそうだとアリーヤは心を弾ませた。

城は城門から入ると広大な前庭があり、それを囲むように三階建ての建物が広がっている。

建物は三つの区画に分けられていて、アリーヤたちの居室は左翼側にあった。使用人たちの居室は各区画から廊下続きで繋がっている棟の中にある。

侍女たちと一緒に左翼側と政務が行われている真ん中の区画は散策したのだが、右翼側まで足を伸ばしたことがない。

あちらは前王の居室があるのだと侍女は教えてくれた。

代替わりごとに居室を移すのだそうだ。イシュメルが即位したときも、右翼から左翼に移り住んだ。

時代を刷新するという願いを込めて、居室を移すのだとか。

「俺の子ども時代はあちらの区画で過ごした。だから結構詳しいぞ。庭同然だったからな」

アリーヤが右翼側を見てみたいと言ったところ、イシュメルは得意げに言う。

彼自身も右翼側に行くのは久しぶりなのだそうだ。

今は主をなくした区画ではあるが掃除が行き届いていて、誰も住んでいないように見えない。

そして造りも左翼側とほぼ同じで、自分たちの居室に戻ってきたのかと錯覚してしまいそうになった。

見分けるとしたら扉の色だろうか。

左翼側は扉の色は青に統一されていたが、右翼側は赤になっている。

「ここが俺が昔使っていた部屋だ」

そう言って開け放たれた扉の先にあったのは、最低限の調度品だけが置かれた寂しい部屋だった。

左翼側に居住を移したときに、何もかもを引き払ったせいだろう。思い出の品といえるものはあまり残っていないのだそうだ。

「そうだな、唯一残っている思い出は、中庭にあるブランコかな」

「こちらはブランコがあるのですか?」

「ああ。俺が小さい頃に絵本の中のブランコを見てこれに乗ってみたいと父に言ったら、作ってくれたんだ。今思えば、それが唯一の贈り物だったな」

ぜひ思い出のブランコを見てみたいとアリーヤがお願いをすると、イシュメルが中庭まで案内してくれた。

雰囲気は左翼のそれと同じだ。

だが、庭の中心部にガゼボがあり、そこにブランコが設置されて、そこだけが違っていた。

まるでこのブランコを中心に庭が作られたかのよう。

二人乗りのそれは、長年乗ってくれる人を待っていたかのように風に揺れていた。

「座るか」

誘ってもらったので、ありがたくブランコに腰を下ろす。その隣にイシュメルも座った。

ブランコに乗ったのは久しぶりで、童心に戻った気持ちになる。足で漕いで揺らしてみて、そういえばこんな感じでメイジーと遊んだことを思い返した。

「素敵なブランコですね」

よく見ると、花園中にあっても浮いてしまわないように支柱に花の紋様が施されており、細工がこまやかだ。

誰も使っていなくてもいつでも乗れるように縄も張り替えている。色も最近塗り替えたようで、まるで新品同様だ。

それだけ大事にされているのだと分かる。

「母が落ち込んでいたときに、よくこのブランコに乗りに来ようと誘ったものだ。ここに来て、ふたりで乗っているといつの間にか母は笑顔になっていた。何を話すわけでもなかったが、この場所があの人を笑顔にしていたな」

「ですが、イシュメル様がここに連れてきてくださったから、お母様も笑顔になれたのでしょう？　そうでなければいつまでもお顔が曇ったままだったかもしれません」

「それはどうかな。母を笑顔にできたのはたったひとりしかいなかったから。きっとその人が一瞬でも顔を見せたら、すぐにでも笑顔になっていただろうな」

誰のことを言っているのだろうと首を傾げると、彼は苦笑していた。

話しにくいことなのだろうか、アリーヤは悪いことを聞いてしまったような気がしてばつが悪い。

ところが、隣から伸びてきた手がアリーヤの手を握り締めてくる。

こちらを向いてほしいと言わんばかりに手を引っ張られたのでそちらを向くと、イシュメルがアリーヤを見下ろしていた。

「先に言っておきたいんだが、俺はあまり家族というものを知らない」

「……ですがご両親はいらっしゃったと」

「いたが、バラバラだった。同じ城の中にいても家族という感じはしなかったな。……家族の思い出はこのブランコだけなんだ」

アリーヤにはあまり想像ができなかった。

父がいて、母がいて。子どもが生まれて、兄弟が増えて。一緒に暮らして自然と家族になっていく。

それが当たり前だと思っているアリーヤに、一緒にいてもバラバラだという家族が想像につかずに、困ってしまった。

「……申し訳ございません。私、あまり想像ができなくて。仲が良くなかったということなのでしょうか?」

言葉を選んで聞くべきなのだろうが、選べる言葉もなかった。

だから、自分の思いつく限りの理由を口にしたのだが、果たしてそれが正解なのか分からない。

「いいんだ、分からなくて。分からないアリーヤだからこそ、俺はいいんだと思っている」

「それはどういうことでしょうか……」

分からないのがいい。その言葉は、ますますアリーヤを困惑させた。

「お前は家族というものを知っているだろう? アスカム国王夫妻は仲睦まじいと聞いている。それはお前を見ても分かる。そういう家族に囲まれて育ってきたのだと」

「たしかに私の両親は仲がよかったです。兄弟も」

「だから、俺に家族というものを教えてほしい。お前の知っているものを、与えてほしいんだ」

握られた手に力がこもる。

もちろん、こんな自分がイシュメルに与えられるものがあるのだとしたら、何をもってしてでもあげたいと思う。

だが、何をどう具体的にあげればいいのか分からない。

アリーヤにとっては家族が仲がいいのは当たり前だったからだ。

戸惑っていると、彼は自分の家族の話をしてくれた。

イシュメルの父はいわゆる仕事人間だったそうだ。

「俺もその気質を受け継いでいるから何とも言えんがな。だが、そのせいで、母はいつも寂しい思いをしていた。……子どもの俺の目から見ても、そう思えた」

父親が会いに来てくれるのは月に一度あるかないか。

イシュメルが生まれたあとは寝室も別になり、食事も別だった。

家族団らんといえることをした記憶がなく、イシュメルはいつも母とふたりきりでいた記憶しかない。

母はあまり自分の感情を隠すのが上手ではない方なので、父が訪れてこないことに落胆して寝込むことも多かったのだとか。

「言い方はあまりよくないが、弱い人だった。父に求められることだけが生きがいで、毎日それだけを望んでいた。ブランコに来ると気が晴れたのは、父の贈り物だったからだ」

こんなものに夫の片鱗を感じて喜ぶような人だった。

イシュメルは複雑そうな顔をした。

母はイシュメルが六歳のときに亡くなり、それから父はますます会いに来なくなった。

会ったのは死期が近いと悟った父に呼び出されたときだ。

父に事務的に今後のことを話され、次期皇帝としての心構えを説かれた。そこからは毎日顔を突き合わせていたが、やはり目の前にいたのは父ではなく「皇帝」だった。

最後まで父としての顔を見せなかったその人は、便宜上「父」と呼んでいるが、実際は「前皇帝」としか思えずに今もいる。

「だから、教えてほしい。お前が見てきた夫婦というものを、家族というものを。こうしていきたい、こんな風になっていきたいと、遠慮なく俺に言ってほしいんだ」

自分は分からないから、積極的に教えてほしいのだとイシュメルは改めて言ってきた。

「言ってくれただろう？『いい夫婦になりましょう』と。俺もそうなりたいと願っている。アリーヤとならそうなれるとも思っている」

「私も、イシュメル様とならいい夫婦になれると思います」

「だろう？ だから、それをもっと確実なものにするために、ふたりで協力していこう」

嬉しい。

知らないから何もできないと言うのではなく、知らないから教えてほしいと言ってくれたことがとても嬉しかった。

アリーヤの言葉が一方通行ではなく、イシュメルが受け取って自分の想いを乗せて返してくれたのは、きっといい夫婦への第一歩だ。

「これからも、この間のように政務に時間を取られて会いに来られなくなることもある」

「でも、あれはこの時間をつくるために頑張ってくださっていたのでしょう？」

「そうだとしても、寂しいという気持ちは制御できないものだ」

たしかにその通りだ。

けれども、忙しい中でもイシュメルは会いに来てくれた。白い羽根を置いて、側にいると教えてもくれた、
あれにどれほど勇気づけられたか。

おかげで寂しさも堪えられた。

「では、寂しいときは寂しいと言ってもいいですか？　気持ちがすれ違ってしまう前に、正直な想いを口にしても？」

「そうしてくれ。そして話し合って、ふたりで落としどころを見つけていこう。……俺は仕事人間ではあるが、父のように夫であることを放棄したくない」

「大丈夫です！　私が放棄させませんから！」

素直なのはアリーヤの取り柄だ。

一緒に家族になっていきましょうと、イシュメルの肩に寄り添った。

「また一緒にここに来てくださいね」

「明日また来よう」

「あ！　ですが、広場にも行きたいです！　もう一度イシュメル様と行ってみたくて」

「昨日の式のときは人払いをして整備もしていたから、今度行ったらまた違った景色を見ることになるだろうな」

普段は市場が開かれ、町では賑やかな催し物が行なわれているようだ。

「ぜひ見たいです」

次の予定の約束をし、ふたりはしばらくの間ブランコに乗りながら話をした。

イシュメルはアリーヤ自身や家族の話を聞きたがり、アリーヤもイシュメル自身のことを知りたがった。

日が傾くまで話は続く。

ふたりの行方を心配して探しに来てくれた侍女に声をかけられるまで、夢中になって互いのことを知ろうとしていたのだ。


夕食をとったあとに、湯あみをしていたときだった。

ふと自分の身体を見下ろすと、赤い斑点のようなものがところどころにあると気付き目を丸くする。

昨夜、情事のあとに身体を清めてもらったが、気怠さにぼうっとしてされるがままだったので気付かなかったが、いつできたのだろう。

どこまで広がっているのかと確認すると、首筋や胸の周り、内腿にも広がっていた。

「どうしましょう……何かの病気かもしれないわ……」

青褪め、侍女に斑点を見せながら相談する。

するると、侍女たちは頬を赤らめながら、ソワソワとしだした。

「……アリーヤ様、これは病気ではございません」

「そうなの？　ならよかったけれど……でも、いったい何なのかしら……」

原因が分からないことには病気でなくとも心配になる。もしかして、中庭に出たときに虫にでも刺されたのだろうか。

心配をしていると、ウフフと微笑む侍女たちは「大丈夫です」と教えてくれた。

「これは口づけの痕ですよ。陛下が情熱的にアリーヤ様を愛した証拠です」

「……口づけの？」

情熱的に愛された痕と言われて、昨夜のことが脳裏をよぎる。そしてようやく意味が分かって、頬を赤らめた。

「……ぁ……なるほど……そうなのですね……そうですか……」

たしかに身体中のあらゆるところに口づけられた覚えがある。しかも痕が集中しているのは、執拗に愛でられた箇所でもあった。

今日も同じように抱かれるのだろうか。

昨夜はイシュメルの言う通りまったく痛くなかったし、途中でアリーヤが負けを認めている。

完全なる敗北だった。

けれども、もしも今度こそアリーヤが主導権を握ったら、同じように気持ちよくなれるのだろうか？

好奇心がムクムクと湧き起こる。

いや、その前に覚悟を決めて挑んでも、イシュメルの方がそのつもりはないと言ってくるかもしれない。

余計なことは考えずにいよう。

そう思って寝室に赴くとすでにイシュメルが待ち構えていて、近づくや否や手を引っ張られてベッドに押し倒された。

「……今日もするのですか？」

「お前の身体が辛くなければだが。でも、蜜月中は心も身体も深く繋がらないとだろう？」

イシュメルは手始めとばかりにチュッと唇にキスをしてきた。

「日中は互いのことを知って心は繋がってきた。なら、夜は身体を繋げなければ」

昨夜あんなに繋がったのに……と思いつつも、アリーヤもやぶさかではなかった。むしろ彼もそのつもりだったのだと嬉しくなる。

「じゃあ、今夜こそ私が主導権を握ってもよろしいですか？」

「それは昨日と同じく賭けで決めよう」

また賭けを持ち出されてアリーヤは目を丸くした。

「……また賭けを？」

「昨日の賭けが存外楽しかったらしい。またもう一戦お願いしたいと思ってな」

「そんなに気に入られたのです？」

「ああ。お前の可愛らしい顔がたくさん見られて楽しい」

楽しいと思ってくれているのであればそれに越したことはない。

アリーヤだって最初は戸惑ったものの、賭けで一度主導権をイシュメルに渡したことによって、初夜でも痛みを感じずに気持ちよくなれるのだと知った。

「ですがもう処女ではないので、私が痛みを感じることはあまりないかと」

「処女じゃなくても準備もせずに挿入すれば痛む。お前が昨夜痛みを感じなかったのは、下準備をこれでもかというくらいにしたからだ。そうじゃなきゃ、今日も痛むだろう」

挿入も大事だが、実際は前戯も大事になってくるのだとイシュメルは言う。

「それを怠れば身体が悲鳴を上げる。いつだってな」

つまりメイジーや他のご婦人方が痛い思いをしたのは、その下準備をされていなかったからら？　もしかして将軍たちは……と何かの答えに行き当たる前に考えるのはやめた。

考えるのはよそう。

ただでさえ、夫婦の閨事情なんて話しにくいことを話してもらったのだ、これ以上詮索するものではない。

「もちろん、今回も痛い思いをさせるつもりはない。だが、今日は別のことで賭けよう」

どんな賭けが飛び出してくるのかドキドキしていると、イシュメルはおもむろに砂時計を取り出した。

それをサイドテーブルに置く。

「交互に攻めて、あの砂時計が落ちきるまでに声を我慢するというのはどうだ？　先にお前が俺を攻めて俺に声を出させることができたら俺の負け。次に俺がお前を攻めて声を出させることができたら俺の勝ち。勝負がつかなかったらまた攻守交替」

それで勝負をつけようと言われて、アリーヤの心の中が沸き起こった。

（ようやく私が主導権を握れるときが……！）

しかもアリーヤが先攻でいいと言ってくれている。

気合が今から入りそうだ。

「分かりました。その勝負受けて立ちましょう！」

こうして二夜目も賭けから始まることになった。

「さぁ、どうぞ。砂時計は好きなときにひっくり返してくれ」

いったんアリーヤの上から退いたイシュメルはベッドの上に胡坐をかき、手を広げて見せた。

どこからでも攻めてくれと言わんばかりだ。

その姿を見て俄然やる気が出る。アリーヤだって勉強してこの国にやってきたのだ、その成果を発揮する場がほしい。

「それでは、失礼いたします」

イシュメルに頭を下げ、彼の目の前までやってくる。

待ちに待ったときだと気持ちが高揚しているからだろうか、頭に響くくらいに心臓がバクバクと高鳴っていた。

忘れずに砂時計をひっくり返して彼の肩に手をかけた。

いつもは見下ろされていたけれど、今はアリーヤが見下ろす番だ。それがいよいよ自分が攻める番なのだとまざまざと実感させる。

まずはどこから攻めようか。

声を出させなければならないのだから、明確な快楽を得られるところを狙った方が良さそうだ。

そう思って、昨夜どこを攻められたら気持ちよかったかと思い返す。

(キスも気持ちよかったし、首筋や胸を触られるのも、脇を撫でられるのだって。あそこを触られるのはもちろんなのだけれど……)

むしろ触られて気持ちよくない場所はなかった気がした。

とにかく気持ちよかった箇所を順に追って攻め込んでいこうか。時間もないことだしと、さっそくアリーヤからキスをしてみた。

柔らかな感触が唇に当たる。

　昨夜はここからイシュメルが舌を出して口の中に差し入れてきていた。アリーヤもそれを真似て舌を出す。

　ところが、上手く差し込むことができず、イシュメルの唇をぺろぺろと舐めるだけになってしまった。

「……笑わないでください」

　声には出ていないが、肩の震えが手に伝わってきて笑っているのが分かる。

　拗ねてみせると、彼は「悪かった」と謝ってくれた。

「子猫にじゃれつかれているみたいだと思ってな」

「こ、子猫ではありません！」

「そうだな。『子』猫ではないな」

　茶化すイシュメルに口を尖らせながら、顔を近づける。

「舐めてかかりますと、今のも声を出したとみなして私の勝ちにしてしまいますわよ？」

「お前がそれで勝って納得できるのであればそれでもいい」

　脅しで使ったつもりだったがあっさりと受け入れられて、さらに彼の余裕を見せつけられたような気がした。

「これで勝敗は決めません。ここからが本番です」

　だから今は大人しく攻められてくださいと、イシュメルを押し倒す。

彼も抵抗することなくされるがままになり、ベッドに後ろからゆっくりと倒れ込んだ。

いわゆる馬乗りという格好になってしまって恥ずかしいが、勝負に勝つためならば仕方がない。閨に恥は無用なのだ。

キスは上手くできなかったので、標的を替えて首筋に手を這わせる。

上下に擦り、鎖骨に合わせて指を動かすと、彼のしっとりとした肌が手に吸い付いてきた。

手触りがいい肌だ。

アリーヤのように柔らかくはないが、いつまでも触っていたくなる。

この肌の下に筋肉がついていて、逞しさも分かってしまう。きっと、アリーヤなど赤子の手をひねるくらいに簡単に退かせるだろうに、上に乗ることを許してくれている。

それだけで彼の一部を預けてもらっているような気分になって、心が高揚する。

鎖骨から胸に手が伸び、胸板を撫で回した。

男性と女性。同じ人間なのに、性別が違うというだけでこんなにも身体の作りが違う。

この下にある棒はもちろんのこと、骨格や肉の付き方も違う。

それでも、感じるところは同じなのだろうかと、乳首に手を伸ばした。

イシュメルがしてくれたように指先で摘まんだりこねたりしてみたが、一向に声が聞こえてくる気配がない。突起は勃ち上がってはいるが、肝心の声が漏れ聞こえもしないのだ。

悔しくて今度は口に咥えてみる。

口の中で舌でぺろぺろと舐めたが、やはり声は出なかった。

(おかしいわ……私はこれだけであんなにあられもない声が出ていたというのに……)

アリーヤの技が稚拙すぎるのか、それともイシュメルが我慢強いのか。

いや、ここまでされたら絶対に声を出すはずだ。

甘い声を出してくれるはずと、懸命に胸に吸い付いた。

すると、胸に埋めるアリーヤの頭を彼が撫でてきた。

優しく、髪の毛の流れに沿うように。

その手つきについついうっとりとしそうになる。

(だ、ダメよ！　これはきっとイシュメル様の気を逸らす作戦！)

きっとそうに違いないと気をしっかりと保つように己を叱咤した。

口と指では懸命にイシュメルをうっとりとさせようとしているのに、逆に頭はイシュメルにうっとりとさせられそうになっている。

負けて堪(たま)るかと奮闘するも、いつまでもアリーヤに軍配が上がらない。

「砂が落ちきったぞ」

とうとう時間切れになってしまい、勝負に勝つことはできなかった。

「……うぅ……私、イシュメル様を全然気持ちよくさせられませんでした」

自分がイシュメルに触られたらすぐに気持ちよくなってしまうように、アリーヤも彼に触れたら同じように気持ちよくさせられると思っていた。

だがそれは驕りだったようで、声どころか何ひとつ乱すことができなかったと臍を噛む。

「そんなことはない。ほら、ここはちゃんと反応している」

落ち込むアリーヤの尻を両手でつかんだイシュメルは、ネグリジェの上から割れ目に硬いものを擦りつけてきた。

何を押し付けられているのだろうと首を傾げたが、すぐにハッと気づく。

彼の下半身にあってこんなにも硬くなる部分は、ひとつしか見当たらなかった。

「……気持ちよかったのですか?」

「ああ。弄られている感覚も、視覚的にも気持ちよかった」

「少しくらい反応を見せてくれてもよかったのに……」

「そこは勝負だからな。我慢したさ」

つまり、その我慢を突き崩すほどの快楽をもたらすことができなかったということだ。

それはそれで悔しい。

次こそはと意気込んでいると、不意にイシュメルが上体を起こしてきた。

「さて、今度は俺の番だな」

砂時計をひっくり返し、アリーヤを押し倒す。

形勢逆転、攻守交替だ。

「俺もキスから始めようか。ほら、舌を出してみろ」

こちらを見下ろすイシュメルの目には、欲の炎が灯(とも)っていて。

その光に当てられたアリーヤは、背中をぞくりと震わせながら言われたとおりに口を開き、舌を出した。

彼も舌を出して、アリーヤの舌を絡め取る。

擦り合わせたり、吸ってみたりといろんな刺激を与えてきた。

なるほどこうすればよかったのかと頭の中で先ほどの自分の失敗を反省しながら、口の中に侵入してきた舌を受け入れる。

上顎を舌先で舐められると、思わず声が出そうになる。

腰がびくりと跳ね、甘い疼きが広がった。

「……っ……ぅ」

蹂躙されればされるほどに声が漏れそうになる。

口を開いたままでは不利だと危機感を覚えたとき、イシュメルはキスをやめて顔を下にずらしてきた。

「俺の胸を執拗に舐めていたな。……もしかして、自分がされて気持ちよかったから、それを真似たのか?」

図星を指されてカッと顔が熱くなる。

その通りではあるのだが、指摘されると途端に恥ずかしくなった。

「ここ、気持ちよかったよな？　自分で攻めている間、思い返しただろう？　俺にされたことを」

ほら、こうやったんだ。

イシュメルは乳房を持ち上げ、ネグリジェの薄布の上から胸の頂に舌を這わせた。

「……っ！」

直接舐められるときとは違う、薄布が擦れる感覚がアリーヤを苛む。摩擦が大きいせいで、刺激も大きくなるのだ。

声を我慢しようと咽喉を閉めるので自然と息が荒くなり、肩で息をするようになった。

イシュメルはあんなに余裕そうだったのに、どうしてアリーヤはこんなにも最初から追い詰められているのか。

我慢する秘訣でもあるのだろうかと、自分の我慢の足りなさを口惜しく思いながら手で口を覆った。

舌で乳輪ごとすべてをねっとりと舐められると、腰が砕けてしまいそうなほどに気持ちがいい。

声を我慢しているせいだろうか、昨日よりもさらに敏感になっているような気がする。

ちらりと砂時計を見る。

まだ半分も落ちきってはおらず、先は長い。

時間まで我慢できるだろうかと不安がよぎったそのときだった。

「……ンぁうっ！」

乳首を強く吸われて思わず声が出てしまったのは。

しまったと慌てるが、もう勝負はついている。

したり顔でイシュメルがこちらを見ていたのが分かった。

「よそ見をしているからだぞ、アリーヤ」

「……だって」

気を逸らしていなければ快楽に呑み込まれそうだった。

快楽に身を委ねるすべは昨夜教わったが、逃げるすべは教わっていない。

仕込まれた身体は教えを思い出し、つい快楽を追いたくなっていた。

だから砂時計を見て時間を確認したのだが、それが仇になってしまったようだ。

「今日も俺の勝ちだな」

「……イシュメル様は強敵でした。腕を磨いてまた挑戦させてください」

性に未熟な自分ではまだまだ敵わない相手だ。

今はまだ無理でもいつか回数を重ねていくうちに勝てるかもしれない。前向きに捉えて、己の技術の邁進(まいしん)に努めよう。

「それでは、今宵も俺が主導権を握らせてもらうか。たくさん気持ちよくさせてやろう」

嬉しそうにアリーヤのネグリジェを脱がすイシュメルは、ベッドの外に脱がせたものを放り投げ、自身のローブも脱いだ。

先ほど尻に擦りつけられた硬いものは、今日も凶悪な大きさでアリーヤを圧倒する。

よくあんなものが胎に収まったものだと改めて感心してしまった。

「今度は声を出してもいいぞ。お前の甘い啼き声を思う存分聞かせてくれ」

「……はぁ……ンっ……ンぅ」

さっそく秘所に指を差し入れられると、ぐちょ……と濡れた音がする。

そこはすでに蜜が溢れていて、指が浅いところをぐるりとかき回すと、さらにねっとりとした水音が耳に響いてきた。

イシュメルを攻めているときから、アリーヤの秘所は濡れていた。

交代して攻められたときにさらに下着を濡らしたのだ。

「今からこの濡れ具合なら期待できそうだな」

胸に顔を埋められ、歯を立てて甘噛みをされる。

ちくりとした痛みを感じたあとに、そこを労わるように舐めてきた。さらにはちゅう……と吸われて、アリーヤの下腹部が甘く疼く。

「……身体中にイシュメル様が口づけた痕があってびっくりしました。最初何か分からず、てっきり中庭にいたとき、虫に刺されたのかと」

「随分と悪い虫がいたもんだな」

クスリと笑いながらまた左胸の上に赤い花を咲かせている。

「どうしてそんなにつけるのです？」

侍女に見られて「情熱的に愛された証拠です」なんて言われて恥ずかしかったのに。

ただ、政治的な縁で結婚しただけのふたりだ、愛されているのかも分からない。

いや、愛などまだないのだろう。

イシュメルがアリーヤに優しいのは大人だからだ。

家族を持ちたいと願うからこそ、それを知っているアリーヤを邪険にせずに大切にしてくれる。

愛が芽生えているとしたら、家族愛。

それが彼が望んでいるとことだ。

だから、女性として、妻としての愛を得られるかはまた別の話。

これも義務でしていることなのに、それなのに「愛された」と言われて嬉しくなったしまった自分が恥ずかしい。

「この口づけの痕を見るたびにお前は思い出すだろう？　俺の下でどんな声を上げて啼いたかを。俺の指や舌の感触を思い出し、身体の中を貫く熱さも思い出す」

「……っ」

先ほど口づけの痕を見つけたとき、たしかにイシュメルの感覚を思い起こした。

そして、今日もあの熱さにあてられるのかと期待もしていた。

「きっとそのとき、お前は頬を赤らめて、身体を疼かせ、でも抗うように帯びてくる熱を我慢するのだろう。そんな想像をするだけで楽しくてついついたくさんつけてしまう」

「つまり、私の恥ずかしがる姿を見るために……?」

「ああ、そうだな。恥ずかしがる姿も見たいし、淫らに感じている姿も見たい。俺を素直に欲しがる姿も、イヤイヤと言いながらも欲しがってしまう姿も。――俺に翻弄されてほしいんだよ」

そんな、ただでさえ翻弄されてみっともない姿を見せているというのに、これ以上翻弄されたら心臓がもたなくなりそう。

「私が子どもっぽいからといって、あまりもてあそばないでください……」

「子どもっぽいからではない。ひとりの女性として俺のことを考えてほしいからつい、いろんなことをしたくなる。まだ知り合ったばかりの無垢なお前の身体にも心にも、俺という存在を刻み付けようと必死なんだ」

必死には見えない。

いつも余裕そうなのに、アリーヤには分からない部分でまた違ったイシュメルがいるということなのだろうか。

「だから、今日もたくさんつけてやる。これから、毎日。どんなときでも俺のことを思えるように」

「……あぁっ」

柔肌を食まれ、強く吸われる。同時に秘所に挿入っていた指で膣壁を押し付けるように動かされ、快楽を流し込まれながら今宵も痕をつけられた。

赤い花が咲けば咲くほどに、植え付けられる快楽が大きくなっていく。

吸われるときのちくりとした痛みですらも気持ちよくなってしまいそう。

いや、そうなるようにしているのかもしれない。

だが、それでもいいと思っている自分がいる。もっと刻み付けてほしいと願う自分が。

イシュメルを、深く深く、消えないくらいに刻み付けて、アリーヤの身体だけではなく心まで変えていってほしい。

昨夜も散々アリーヤを悦ばせた指が、気持ちいい箇所をトントンと撫でつけては身体を高めていく。

媚びるように蠢く膣壁が指を締め付け、奥へ奥へと誘っていた。

この先にあるものがどれほどの愉悦をくれるのか知っているアリーヤの身体はもう貪欲だ。

もっと気持ちよくなりたい。

ぐずぐずに蕩けて、早くイシュメルを受け入れられる身体になりたい。

そんなアリーヤの願いを叶えるように、一度目の絶頂の兆しが見えてきた。

「……ン……んっ……ぅあ……あぁっ！」

「昨夜だけで随分とイきやすい身体になったものだ。……一度達しておくか？」

焦らされるのは嫌だと首を縦に振る。

弱いところを強く押されて、アリーヤはあっさりと果ててしまった。

もちろん、それだけでは終わらない。

中を解すためにイシュメルの指はなおも攻め続けた。

肉芽も弄り、空いた手で胸を揉む。

彼の手管は巧みで、アリーヤを何度も何度も絶頂の波に攫っていった。

もうこれ以上達してしまったらおかしくなりそうとぼんやりと頭の中で思っていると、不意に身体をひっくり返された。

うつ伏せになり、お尻を上げられイシュメルに突き出すような恰好にさせられる。

こんなはしたない恰好は嫌だと体勢を変えたかったが、イシュメルが上から覆いかぶさってきて身動きが取れなくなる。

頭の横に投げ出した手にイシュメルの手が重なり、突き出したお尻には熱くて硬いものが擦りつけられた。

穂先が秘裂に潜り込み、濡れそぼっているぬかるみをゆっくりと犯し始める。

「……あっ……あぁ……ぅあ……んン……はぁっンぁっ」

後ろから貫かれて、アリーヤは目を見開きながら喘いだ。

「……うぁ……あっ……これ、違うところが……擦れて……ンぁう……」

また違った快楽がアリーヤを苛んでくる。

それでも気持ちいいと感じてしまうのだから、イシュメルの凄さを感じてしまう。

何をしても、どこを触っても痛みなどどこにもない。あるのは快楽だけ。

最奥を抉られても、胎を突き破られそうなほどに押し潰されても、アリーヤはまた達してしまいそうになっていた。

媚肉がヒクヒクと震えているのが分かる。

「今度はイくのを我慢してみろ」

「……え？　……あンっ！」

イシュメルの腰が容赦なく打ち付けてきた。

達するのを我慢しろと言ってきたのは彼なのに、意地悪く激しく揺さぶるのだ。

「あっあっあっ……ひぃア……あぁっ……あっ！　あぁ！」

逃げられないように両手を縫い留められて、奥をグリグリと押し潰されて。

アリーヤは快楽から逃げることもできずに、一心にそれらを受け止め続けた。

目の前が明滅する。

我慢しようすればするほどに下腹部に快楽が溜まり、アリーヤを突き崩そうとしていた。

身体にも力が入り、屹立をきつく締め付けている。

まだ我慢しなければならないのか、もう達してしまいたいという考えが頭の中を廻り、それだけしか考えられなくなっていった。

「……やだ……やだ……うぅ……もう、イっちゃう……っ」

もう無理だと弱音を吐くと、イシュメルは「もう少し」と言って許してくれない。

「一緒にイこう、アリーヤ。だから、もう少し……な?」

かすれた声で囁かれて、アリーヤは懸命に首を振った。

イシュメルがそういうのであれば、アリーヤだって頑張りたい。

ひとりではなくふたりで気持ちよくなりたいからと、必死に我慢した。

それでも徐々に激しくなっていく腰の打ち付けに負けてしまいそうになり、限界が近いことを訴える。

「……イシュメル……さまぁ」

「あぁ、もうイっていいぞ、アリーヤ。――思い切りイけ」

イシュメルの合図とともに解放され、我慢をしたぶん深い絶頂が襲い掛かってきた。

同時に彼の屹立が大きく膨れ上がり、どくどくと脈打ちながら吐精する。

子宮の奥に子種を注いでやろうと、イシュメルはアリーヤの身体を自分の腕の中に閉じ込めてぎゅっと抱き締めてきた。

「……あ……ぅあ……あぁ……」

自分の中に子種が大量に注がれている。

アリーヤを孕まそうと、イシュメルは腰を押し付けてはすべてを吐き出した。

——これが実を結べば子どもが生まれる。

子どもが生まれれば、もしその子どもが男児であれば帝国は待望の跡継ぎを得られて万々歳。イシュメルの御代もさらに盤石となるだろう。

誰しもが喜ぶ。

イシュメルもいよいよ自分が幼い頃に得られなかった家族ができ、喜んでくれる。アリーヤだって嬉しい。

アリーヤもイシュメルと家族をつくっていきたいと思っている。

……けれども、家族になるまえに少しでいい、ほんの少しでいいからアリーヤとイシュメルとしての関係を築けたらと思ってしまう。

もう夫婦だが、名目上のものではなく、もっと強い心の結びつきを。

「アリーヤ……」

頬を擦りつけてくるこの人が、たとえアリーヤに皇妃としての役割しか求めていなくても、それでも期待してしまうのだ。

(何故こんなに可愛らしいんだ、こいつは)

隣で眠るアリーヤの顔を見て、イシュメルは初めての感情に戸惑っていた。

たしかに結婚式が終わったらめいいっぱい構い倒してやろうと思っていた。

それまで仕事で放っておいてしまったので、詫びの気持ちと、自分の両親のような関係になりたくないという気持ちからだ。

どんな形であろうとも、家族として機能するような関係を今からアリーヤと作っていこうと思っていた。

ところが、アリーヤはそんな気負いを吹っ飛ばすくらいに可愛らしく純粋無垢で、真っ直ぐな人だった。

イシュメルが一歩引いたら、最初は躊躇(ためら)うものの覚悟を決めたら思い切って懐(ふところ)に突進してくる、そんな女性だ。

初夜で「主導権を握らせてください」と言ってくる女性はなかなかいないだろう。

あれにはさしものイシュメルも度肝を抜かれた。

性についての本を熱心に読んでいるなと思ったら、まさかそのために読んでいたなんて。しまいには男性器を「棒」と呼ぶ始末。たしかに棒には棒だが、他に言い方はなかったのかと、アリーヤが「棒」と言うたびに吹き出してしまった。

主導権を握りたい理由を聞けば、初夜は痛いと聞いたので、痛い思いをしたくないからだという。

その理由も何とも可愛らしい。

だが、本人はいたって真面目で、ここに来るまでにずっと不安に駆られていたのだろうと思うととびきり甘やかして、とびきり気持ちよくしてあげたくなった。

賭けを持ち出したのは、あのまま話し合いをして決めてもよかったが、痛みを恐れる人間にいくら大丈夫だと声をかけても難しいと思ったからだ。

話していくうちに恐怖だけが膨れ上がって、身体も萎縮してしまう。

それにアリーヤに最初に主導権を握らせてもよかったが、あの様子ではきっとどのくらい自身の膣を解せばいいかなど分からなかっただろう。

その状態で挿入して、もし痛みに泣くことになれば、アリーヤの中で情事は痛いものだと決定づけられてしまう。

痛いだけではない、快楽を十分に得ながら進めることができるのだと知ってほしかったのだ。

二回目はイシュメルがアリーヤと閨を楽しみたかったから。

懸命にイシュメルの胸を吸う彼女は、いじらしい。

負けて悔しがる姿も、口づけの痕を残す理由を聞いて顔を真っ赤に染める姿も。

なにごとにも一生懸命で、努力家で。

そんなアリーヤは、どんどんイシュメルの心の中に棲み着いていく。

きっとイシュメル自身が招き入れている部分もあるのだろう。

話してみて分かる。どれほど彼女が愛されて育ってきたのか。

イシュメルが幼少期に味わうことができなかったものを、すべて経験してきたのだと思うと羨ましくなるのだが、同時にそんなアリーヤをもっと知りたいと願う。

彼女と一緒なら、あのブランコもつらい思い出ではなく、楽しい思い出に塗り替えられるだろう。

これは予感ではなく、確信に近いものだった。

夜明け前なのに、寝室の扉がコン、と一回ノックされる。

こんな叩き方をするのは、知っている限りひとりだけだ。

イシュメルはアリーヤの額にキスを落としベッドから抜け出すと、ローブを纏う。

音が響かないように気を付けて扉を開くと、向こう側には思った通りの人物が立っていた。

結婚式後に顔を見ることがなかった宰相が、「朝方に申し訳ありません」と恭しく頭を下げてくる。

やはりある程度事前に政務を終わらせていても、日々国は動いていく。皇帝の判断が必要になる事案はどんなときでもやってくるのだ。

「よい。どうせ起きていた」

「そうだと思ってこの時間に。皇妃様とのお時間を邪魔しない方がいいかと思いまして」

「ありがたい配慮だな」

もしアリーヤと一緒にいるときに来られたら、かなり渋っていただろう。邪魔されたくないとモーガンを追い返していたかもしれない。

扉から出て廊下に突っ立ったまま、彼が持ってきた書類に目を通す。

このまま決裁ができるものはしてしまおうとページをめくっていた。

「それで、皇妃様とはいかがです？」

早く読んで終わらせたいのに邪魔をする声が聞こえてくる。

まったく、気が散るというのに話しかけてくるなと言おうとしたが、こちらを見るモーガンの目が期待に満ちていたことに気付く。

ようやく迎え入れた皇妃との仲が良好なのか、跡継ぎは望めそうなのか興味津々なのだろう。

宰相としては当然の興味だと言えた。

「お前が思っている以上に仲良くやっている」

「それは何よりでございます。夫婦は結婚して子どもを産むことも大事ですが、それ以外にも大事なことがございますから。皇帝だろうとね」

身に覚えがございますでしょう?

モーガンはにこりと微笑む。

「政務をお前に任せきりで悪いな。俺が戻ったら休みを取れ」

今回、早めに政務をこなした上である程度のことはモーガンに任せていた。急を要すること以外は呼ぶなと言っているので、彼に負担をかけている。

だから、休みを取れるように調整しようと言ったのだが、モーガンは首を横に振った。

「ご冗談を。私から仕事を取り上げないでくだされ。唯一の楽しみですから」

家族がいるわけではなし、休んでも仕事が気にかかって休まるものも休まらないだろうと。

「どうですか? 皇妃様と余暇の過ごし方を学ばれましたか?」

いつだったか、モーガンは言ってきた。

何でもかんでも抱え込む癖をどうにかしろ。

仕事をしない時間を楽しむことも覚えろと。

「……あのブランコ、父がくれたあのブランコに今日アリーヤと乗ったんだ」

モーガンは父の代から仕えてくれているので、イシュメルにとってあのブランコがどんなものか知っている。

だからこそ、「ほう」と物珍しそうに頷いていた。

「あそこは俺にとってただ母を慰めるだけの場所だった。――だが、今日は俺が慰められた」

家族を知らないと、イシュメルは自分の恥ずかしい部分を吐露したのだ。誰にも言えなかった心の中の空洞をアリーヤに見せた。

彼女は戸惑っていた。

家族が城に一緒に住んでいるのに知らないなんて、想像もつかなかったのだろう。

けれども、それでも見知らぬものを理解しようとし、イシュメルが求めるものを与えたいと言ってくれた。

それがどれほど救いになったか。

自分の弱いところを曝け出して、受け止めてくれて「大丈夫」と言ってもらえることがどれほど嬉しいか、イシュメルは知らなかった。

「結婚してよかった、と顔に書いていますよ」

「顔に書かずとも、口で言ってやる。結婚してよかったよ、モーガン」

政務の忙しさ、伴侶の選定のわずらわしさはあくまで建前だ。

本当は怖かったのだろう。

自分が父のようになるのが。

母のような人を、自分が作ってしまうことを。

どうしても父と似てしまうところがある。仕事にかかりっきりで、他を顧みない部分が多い。

結婚は義務だと割り切って、子どもを産めばそれで終わりという人間になりたくないと思いながらも、血には抗えないのではないかと不安を抱えていた。

だが、アリーヤといると自分は父とは違うのだと思い知らされるのだ。

本当は結婚式まで顔を見るつもりはなかったのに、ついつい見に行ってしまった。

蜜月と言えども頭の中は政務のことでいっぱいになるだろうと思っていたのに、モーガンが来るまで片隅にもなかった。

ずっと、アリーヤと一緒にいられる時間をどう過ごそうとばかり考えていたのだ。

そう思える自分がいることが嬉しい。

そう思える人と出会えたことが嬉しくて仕方がなかった。

「それはようございました」

それではこちらは気にせずお任せください。

モーガンはそう言い残し去っていく。

廊下の窓から朝陽が差し、イシュメルの顔を照らした。

さて、今日はアリーヤと何をしようか。

考えるだけで楽しかった。

「私、ここに来て蜂蜜を料理にかけて食べるのにはまっているんです。イシュメル様がチーズに蜂蜜をかけると美味しいとおっしゃってくださったでしょう？　それからいろんなものにかけて食べています」

持ってきた籠の中から蜂蜜の瓶を取り出したアリーヤは、嬉しそうに話してくれた。

彼女と過ごす蜜月は想像した以上に楽しい。

三日目はアリーヤの望み通りに広場に行き、ほんの少しの時間だけだったが市場を見て回った。

その次の日は図書室に行き、ふたりで本を読みながら過ごしたし、その次の日はモーガンに呼び出されて午前中は一緒にいられなかったが、その分午後は一緒にベッドの上で過ごした。

今日はまたあのブランコに行きたいとアリーヤが言うので、そこでのんびりとすることに決める。

昼食をつくってもらい、それをバスケットに入れて持ってきて、まるでピクニック気分だ。

バゲットに肉や野菜を挟んだものと果物と、簡単なものしか持ってきていないがそれでよかった。

絶え間なく話をしているので、口にものが入る暇がないのだ。

そんな中、アリーヤが蜂蜜を取り出して、帝国にきてどんな料理を食べたのか、何が美味しくて何が口に合わなかったのかを話してくれた。

一通り出されたものに蜂蜜をかけて試してみたが、やはり果物にかけると甘味が増し、酸味のあるものにかけると酸っぱさが緩和されて美味しくなるのだと教えてくれた。

中には合わないものもあるが、それ以外には少量ずつかけて食べるのが今のアリーヤの中の流行り（はやり）なのだという。

「あまりかけすぎてしまうと太ってしまいますから」

ついついいろんなものにかけすぎて、侍女にたしなめられることがあってそれから気を付けているのだとか。

「でも、一番はお肉に蜂蜜をかけて食べるのが美味しいんです！　そこにマスタードを合わせると絶品ですよ！」

今日はそれをイシュメルにも味わってほしくて、バゲットの中身をお肉にしてもらったようだ。

イシュメルはいつも肉は塩味でしか食べない。マスタードをかけたこともあるが、そこに蜂蜜をかけては食べないので少し怯んだ。

もちろんそうやって食べている人を見たことはあるが、食の好みが違うのだと思うくらいでさして気にしなかったが、まさかアリーヤがそういう好みだったとは。

「どうです？　一口だけでもいいので、蜂蜜をかけて食べてみます？」

いつもなら断っていた。好みに合わないと。

だが、アリーヤに聞かれたら断れない。

蜂蜜ひとつでこんなにも楽しそうに話してくれるのだ、イシュメルがそれを口にしたらどんな顔をしてくれるだろう。

ただそれだけで頷いた。

スプーンで瓶の中の蜂蜜をすくい、少量バゲットの中の肉の上にかける。

それをナプキンに包み、どうぞとアリーヤが差し出してきた。

さらに置かれたそれを見て、イシュメルは残念そうに言う。

「食べさせてくれないのか？」

「え？　わ、私が食べさせるのですか？」

「いいだろう？　お勧めしてくれるなら、食べさせてくれなくては」

彼女はそういうつもりで言ったわけではないのだろう。それを分かったうえでイシュメルも食べさせてほしいと言っている。

アリーヤは他には誰も人がいないのにあたりを見渡し、気恥ずかしそうにしながらバゲットをこちらに差し出してくる。

この初々しさが堪らない。

イシュメルは心の中で舌なめずりをした。

蜂蜜がかかった肉入りバゲットを口に含み、咀嚼（そしゃく）する。

確かに塩味の中に甘味があると、しょっぱさにまろやかさが出てこれはこれで美味しい。

これは食わず嫌いだったなと反省した。

美味しくないだろうと勝手に決めつけて、美味しいものを逃していたなんてもったいないことをしてしまった。

「美味しいな」

「そうでしょう？　よかった！　お口に合って！」

花が綻ぶような笑顔。

イシュメルが見たかったものをアリーヤは見せてくれた。

一口だけで終わらせるつもりが二口、三口と口の中に消えていき、あっという間になくなってしまう。

もうひとつもらおうかとアリーヤのほうを見ると、ちょうど彼女も自分の分のバゲットに蜂蜜をかけているところだった。

ところが欲張ってしまったのだろう。

バゲットから零（こぼ）れてしまい、蜂蜜が手首に伝う。慌ててアリーヤは拭こうとするも、布巾を見つけられなくているようだった。

それを見ていたイシュメルは、何かに駆られるように蜂蜜に濡れた腕を取り、舌を這わせる。

「イシュメル様!?」

「蜂蜜をかけたお前も美味（うま）そうだ」

戸惑うアリーヤの顔を見ながら、イシュメルは蜂蜜をぺろぺろと舐め取った。すべてを舐め取ったのにもかかわらず、舌を這わせるのをやめられない。きっとアリーヤ自身が甘いのだろう。

彼女の手からバゲットを取りバスケットに戻したあと、手にも舌を這わせた。指をしゃぶり、指の間に舌を差し入れる。

「……ンっ……そこ、には……蜂蜜はかかっていません……」

「それは分からなかったな。お前も甘くてどこまでが蜂蜜か分からなかった」

頬を染め恥じらう彼女の姿に欲が蠢く。

まるで盛りのついた獣のようにアリーヤを求めていた。

「おいで」

彼女を引き寄せ、自分の上に座るように導く。

対面で脚を広げて座ってほしかったが、そんなはしたない恰好を外ではできないといじらしいことを言ってきた。

誰かに見られたら……と心配しているようだ。

「ここには誰も入らないように人払いしてある。俺しかお前のあられもない姿は見ていない。……見せないと言った方が正しいな」

見せてやるものか、誰にも、こんなアリーヤを。

夫である自分だけが見ることができる特権を持っている。

誰にも見られないという言葉に納得したのか、彼女はイシュメルを跨いで乗ってきた。

ブランコが軋む音を立てて揺れる。

「もう！　せっかく食べようとしていましたのに」

「すまない。ついお前の方が美味しく見えてしまってな」

拗ねて尖ってしまった唇にチュッとキスをする。

すると、彼女は仕方ないといった顔をして、キスをし返した。

アスカム国の家族ですらも、アリーヤがこんな色香を纏った顔をするなんて知らないだろう。キスをすると拙いながらも応えてくれて、太腿を撫でつければ甘い疼きに腰を揺らす。そんな淫らな姿も何もかも。

イシュメルだけが知っているという優越感に浸りながら、彼女の首筋に顔を埋める。

柔肌に噛みついてしまいたいと歯が疼く。口づけの痕だけでは足りないと、イシュメルの薄汚い欲が囁くのだ。

このまま食らって腹の中に収めて、誰にも見られないようにこの可愛らしい人をしまっておきたい。

誰にでも明るくてきさくで優しくて、すぐに人と打ち解けることができる彼女。

きっとこの蜜月が終わってしまえばもっと世界を広げていくのだろう。イシュメル以外の人とかかわり、関係を深めていく。

いやもうイシュメルの知らないところで仲良くなっているのかもしれない。

アリーヤの人懐っこさは、人の心を容易に掴む。

そんな彼女を好ましいと思いながらも、疎ましいとも思ってしまう自分がいた。

他の人にもイシュメルに対してするように愛嬌を振りまくアリーヤが、酷く嫌なのだ。

今、アリーヤが側にいてくれるのは、政略結婚をした相手がイシュメルだったからだ。

皇妃になったから側にいて、蜜月を過ごし、イシュメルに抱かれている。

「……ンっ……あっ……あぁ……イシュメル、さま……ひぁンっ！」

ブランコの支柱に凭れ掛かりながら後ろから貫かれているのも、目を潤ませてこちらを求めるように見つめるのも、すべて。

彼女の中にはイシュメルへの好意はあれど、愛は芽生えていないのかもしれない。

アスカム国にいる家族と同列の扱いか、もしくはそれにはまだ達していない可能性がある。

それでもいい。自分はアリーヤと家族になることを望んだのだから。

でも、それ以上の何かが自分の中で育ち始めている。

一緒に過ごしていても、彼女の中を穿って子種を胎の中に吐き出しても、足りないと飢餓感が襲う。

もっとほしい、もっと、もっととイシュメルの全身が叫んでは、その欲を満たすようにアリーヤに触れるのだ。

「……はぁ……あンっ……あぁっ」

「……アリーヤ……アリーヤ」

小さな身体を抱き締め、また彼女の中を穢す。

家族がほしい。仲がいい家族が。

――けれども、その前にアリーヤの心が欲しい。

イシュメルをひとりの男性として見てくれる目が、心が、愛が。

欲しくて欲しくて堪らない。

家族よりも、ひとつ抜きんでたものを与えてほしくて、アリーヤの頬に顔を寄せる。

すると、彼女はイシュメルの頬に手を寄せてきた。

「今度私もイシュメル様に蜂蜜をかけて舐めてみてもいいですか？」

好奇心旺盛なアリーヤらしい言葉だとイシュメルはクスリと笑う。

だが、そこがいいのだ。

「ああ、いくらでも。お前のように甘いかは分からないがな」

「甘くなくても、きっと美味しいですよ」

愛（いと）おしいことこの上ない。

無邪気に笑う彼女を、早く自分だけのものにしたかった。

第三章

蜜月は残念ながらそれほど長く続かなかった。

というのも、このあとすぐに建国祭があるらしく、その準備に取り掛からなければならないからだ。

属国の十か国の参加はもちろんのこと、近隣各国から賓客を招く。

その中にはアリーヤの故郷であるアスカム国も入っていた。

今までこういった帝国の催し物に呼ばれたことがなかったので、まさにアリーヤの結婚が結んだ縁だと言っていいだろう。

アリーヤも皇妃として初めての大きな仕事に今から緊張している。

それと同時に期待もしていた。

ここで立派に皇妃としての姿を見せれば、帝国の人たちだけではなく関係性の深い属国の人たちからも、そして他国の人間からも認められることになるだろう。

何より、いまだアスカム国から誰が来るか分からないが、故郷の人たちにもアリーヤは他国に嫁いでも立派にやっていると伝えることができるのだ。

結婚式は花で溢れていたが、建国祭は白い羽根で溢れるのだとイシュメルは言っていた。

皆、胸や頭に白い羽を飾る。

ジェダルザイオン帝国には、女神が白い羽根でマグマが噴き出す大きな火山を撫でつけたことで火山がなくなり、そこに人々が住み始め国土ができたという神話が残っているからだ。

女神の羽根のひと撫では海に幸をもたらし、平地に緑をもたらした。

帝国は女神の恩恵と加護のもとに、今もなお繁栄し続けているのだと忘れないために女神を崇(あが)め奉(たてまつ)り、国の礎ができた日を祝うのだ。

「皇妃様も白い羽根を用意しなければなりませんね。これから貴族や商人たちがこぞって献上しに来ますよ」

王族は毎年飾る羽根を献上品から選ぶのだとか。

選ばれた者は栄誉を賜(たま)い、その年の果報者として注目をあびるのだ。

そういう習わしならばそれに従いたいが、アリーヤはもう白い羽根を持っている。

「困ったわ……イシュメル様にいただいた羽根をできれば身につけたいけれど、それでは献上してくれた人たちが困ってしまうのよね」

「羽根はいくつつけても大丈夫ですよ。献上品はひとつしか選べませんが、ご自分で用意されたものであればいくらつけても構いません」

毎年、背中から羽が生えたのかと思ってしまうくらいにつけている人もいるとかで、そこら辺は自由のようだ。

「ドレスは白に決まっているのよね？」

「はい。公式行事のときは、両陛下は白を纏うことになっておりますから」

それも女神の白い羽根になぞらえたしきたりなのだとか。

というのも、昔から皇帝は女神から祝福を受けし者、皇妃は女神の化身だとする考えが根付いている。

故に、白という色は公式行事において皇帝と皇妃にしか許されず、他の者が着ることは帝国内ではタブーとされていた。

帝国内でイシュメルとアリーヤだけが同じ色を纏う。

特別感が出て嬉しくなってしまう。

「でもこれから忙しくなってしまうわね。私もまだ帝国のマナーを覚えきっていないし、各国の賓客たちの名前も覚えなければならないし」

ダンスだけは昔から得意なのであまり心配はしていないが、それでも練習は必要になってくる。

ドレスも宝飾品も靴も決めなければならない。建国祭で着るものだけではなく、そのあとに開かれる晩餐会（ばんさんかい）の分も決めなければ。

侍女はその他にもドレスを何着か作っておきましょうと言っている。

「それに、晩餐会のこともあるもの、休んでいる暇もなさそうだわ」

特に、今年はイシュメルの母親が亡くなって以来の皇妃顕在の中の建国祭なので、注目度も違う。

皆が新たに皇妃になったアリーヤを見にやってくる。

どんな女性か、皇妃としての器はあるのか、自分たちが仕えるにふさわしい人物なのか。

他国から迎え入れた嫁となれば、一層厳しい目に晒されるだろう。

それこそ、アリーヤの皇妃としての真価が問われる場面であった。

『ひとりで何もかもしようとするな。周りを上手く使え』

イシュメルは気負うアリーヤにそう言ってくれた。

そのためにいろんな人たちが仕えてくれているのだからと。

「いろいろとお願いすることも増えると思うけれど、どうか呆れずに力を貸してちょうだいね」

侍女たちにお願いをする。

きっと彼女たちの手を借りなければ、アリーヤは成功させることなどできないだろう。

「もちろんですわ、皇妃様」

「何でもおっしゃってください」

優しい人たちに囲まれて、アリーヤは皇妃としての道をまたさらに歩むことになる。

イシュメルの隣に立つにふさわしいと思ってもらえるように、ここは踏ん張りどきなのだと自分を鼓舞した。


ところがそんなアリーヤの出鼻を挫くような報せが入ってくる。

「え？　もう来られるのですか？」

「ああ、すでに出立をしてこちらに向かっているらしい。二日後には城にやって来るだろうな。……まったく、いつもながら彼女の我が儘ぶりには参ったものだ」

イシュメルがうんざりとした様子で零す。

どうやら、イシュメルも与り知らないところでことを進められていたようだ。

建国祭までまだ日にちがあるというのに、属国十か国の筆頭であるチェキシア国からの賓客が、こちらに向かっているとの報せがイシュメルのもとに届けられた。

今回は、チェキシア王のひとり娘であるカリテア・バルコヴァーがやってくるのだが、その姫が何かと我が儘なのだとか。

きっと早めの来国もカリテアが勝手に決めて国を出て、慌ててチェキシア王が報せをくれたのだろうとイシュメルは言う。

「チェキシア王はひとり娘というのもあって何かとカリテアに甘い。お前も甘やかされて育ってきただろうにまったく違ったものだな」

イシュメルは微笑みながらベッドに横たわるアリーヤの前髪を撫でて、優しい目で見下ろしてきた。

(チェキシア国王は、イシュメル様が先の反乱を治めたときに橋渡し役を買ってくれた恩義のある人だったわね)

だからイシュメルもあまり強く言えないのかもしれない。

帝国と属国の関係は昔のような帝国の一方的な支配ではなく、双方向の協力関係を模索している最中だと聞いた。

ある程度の主従関係を維持しつつも、対等に渡り合える余地を残す。それが反乱を治めたイシュメルの掲げる理想だと彼自身が話してくれた。

軋轢(あつれき)を生まない関係を維持し続けられることが理想だが、そのためには譲歩の姿勢も見せつつ攻勢も崩さない、難しい駆け引きなのだと。

特に、チェキシアは橋渡し役をしたことで、属国の中でも帝国に近しい筆頭国となった。

故に突然の来訪だとしても失礼だと追い返すこともできない。

それに迎え入れる準備を早めにすればいいだけの話だ。

「それにしてもどうしてそんなに早く来ようとしているのでしょう? 帝国内の観光をしたいとかでしょうか」

「……いや、そうではないだろう。彼女は昔からこの国に出入りしている」

だから今さら観光目的で来るとは思えないと、どこか苦々しい顔でイシュメルは吐き捨てる。

「イシュメル様？」

「何でもない。カリテア姫に関わるな、というのはお前の立場上難しいかもしれないが、深入りしようとするなよ。俺が彼女の相手をする」

え？　とアリーヤは思わず飛び起きた。

各国代表をもてなすのはアリーヤの仕事だ。

イシュメル自らがカリテアだけはもてなすと言うのか。

皇妃として与えられた重要な役割なのに、カリテアにだけイシュメルが対応するなどあっていいのだろうか。

どくどくと心臓が嫌な音を立てる。

「私でもカリテア姫をもてなすことはできますよ？」

「もちろん、お前の器量を疑っているわけではない。だが、あの姫は……何と言うか、毒だ。面倒だし、あまりお前に関わらせたくない」

それに実際イシュメルが相手をする機会はあまり多くないだろう。そのほとんどがモーガンかその側近に任せることになるだろうと言う。

「ただでさえ建国祭で忙しくなってお前との時間がなくなっているんだ、他の者に邪魔されたくない」

イシュメルの大きな手がアリーヤの頬を撫でる。

アリーヤも邪魔をされたくない。

「ですが、皇妃として、イシュメル様の妻としてカリテア姫のもてなしはある程度させていただきますね」

わざと「妻」という部分を強調する。

きっと、イシュメルはカリテアを特別扱いしているわけではない。口ぶりからして扱いが難しいので自分に任せろと言ってくれているのだと分かる。

それでも他の女性がイシュメルの心に住み着いているようで嫌だった。

妻はアリーヤで、彼の心すべてを独占したいのに。

(……なんて狭量で醜い心)

こんな自分をイシュメルには見せたくないのに、滲み出てしまう。

「俺もお前を妻としていろんな人に紹介したいよ」

額にキスを落とされ、腕の中に閉じ込められる。

不思議だ。

さっきまで尖っていた心が、あっという間に角(かど)が取れて丸くなっていく。

安心感と一緒に湧き出る想い。

これはきっと……。

見えそうで見えない、もどかしさを感じながら、答えを得る前に眠りに落ちてしまった。

「イシュメル様！」

二日後、予定通りにチェキシアからやってきたカリテアは、馬車から降りるや否や一目散にイシュメルのもとに駆けてきた。

久しぶりの邂逅を喜び勇んでしまったのだろう。

だが、脇目も振らず礼儀も失してイシュメルに飛びつくその姿に、アリーヤは度肝を抜かれてしまう。

「お久しぶりでございます！　イシュメル様自ら出迎えてくださるなんて光栄ですわ！」

「今回貴女はチェキシアの代表だからな。出迎えをするのは当然だ」

「うふふ。そうやってイシュメル様が私のお相手をしてくださるのですもの。お父様にお願いして代表になってよかったですわ」

イシュメルが立場上仕方がなかったと牽制しても、カリテアはそれをいい方向に捉えて返してくる。

まだ会って時間が経っていないのにもかかわらず、これは手強い人だと感じてしまった。

二番目の兄の妻も似たような雰囲気を持つ人だが、アリーヤは彼女を苦手としている。

兄にべったりで、あまりアリーヤを寄せ付けようとしないのだ。

メイジー含め、他の兄弟には普通の態度を取るのだが、アリーヤだけには違う顔を見せる。

だから、今では二番目の兄と関わるのを遠慮しているのだが、それでも兄嫁の態度は変わらなかった。

(先入観はダメよね。似ているからといって、同じとは限らないわ)

苦手意識を振り払う。

「カリテア姫、紹介しよう。先日アスカム国から嫁いできてくれた皇妃のアリーヤだ」

いつまでも話しかけてくるカリテアに痺れを切らしたのか、イシュメルは話を遮って彼女にアリーヤを紹介してくれた。

アリーヤもお辞儀をして挨拶をする。

「初めまして、カリテア様。アリーヤ・レヴェジェフです。このたびは遠路はるばるお越しくださりありがとうございます。精一杯のおもてなしをさせていただきます」

一瞬、鋭い視線が飛んでくる。

だが、すぐに柔和な顔に戻ったカリテアは、恭しく頭を下げた。

「申し訳ございません、皇妃様。ついイシュメル陛下にお会いできたのが嬉しくて、挨拶が遅れました。チェキシア国第一王女カリテア・バルコヴァーと申します。この度はお招きいただきありがとうございます」

アリーヤもつい嬉しさに我を忘れてしまうこともある。

だから彼女も同じだったのだろうと考えることにした。

その分だけイシュメルに対しての好意が大きいという事実には目を伏せて。

(それにしても、とても大人っぽくて綺麗な方)

黒髪のストレートで、涼し気な青い瞳。褐色の肌でエキゾチックな雰囲気を持つカリテアは、アリーヤが気後れしてしまうほどに綺麗だ。

チェキシアの文化なのだろう、ドレスはスリットが入っているタイトなロングスカートで、肩も剥き出しだ。

剥き出しになった手足を飾るように金装飾の腕輪や足輪がいくつもつけられており、化粧も真っ赤なシャドウが印象的だ。

麝香の香水をつけているようで、離れていてもその香りが漂ってくる。

何よりすらりと背が高いので、イシュメルと並ぶと様になるのだ。

ふたりを見ているとまるで絵画を見ているような気分になる。

ずっと持っている劣等感が刺激される。

背が低いこと、童顔で実年齢よりも幼く見られること、勝負できるとしたら胸の大きさくらいか。

カリテアと比べると、見劣りしてしまう自分が悲しかった。

「イシュメル様、久しぶりに城を案内してほしいですわ。お時間ありますか？」

「残念ながら忙しい。他の者に案内させよう」

城に入ると、さっそく一緒にいたいとアピールしてきたカリテアの積極さにドキリとさせられる。

「そうですか。……なら、皇妃様はいかがです？」

イシュメルがすげなく断ってくれて安心したが。

「え？」

こちらに振られると思わず、肩を跳ね上げて驚いてしまう。

「案内、してくださいますわよね？」

戸惑うアリーヤに追い打ちをかけるようにカリテアは言葉を強くして言ってきた。

「アリーヤも何かと忙しい……」

「分かりました。案内させていただきます」

今度はイシュメルがギョッとしていた。

カリテアの提案を退けようとした矢先にアリーヤが了承したので当然だろう。

そもそもおもてなし役はアリーヤなのだ。

「お任せください、イシュメル様」

心配そうに見つめるイシュメルに、問題ないと笑顔で頷く。

「ありがとうございます、アリーヤ様」

嬉しそうにカリテアもお礼を言ってきた。

イシュメルは彼女を毒と言ったが、どんな毒かアリーヤは知らない。どんな人かも、この目で見ないことには分からないものだ。

だから、誘いに応じてもいいかと判断した。

もし、毒を食らわされるようなできごとがあったら、自分が浅はかだったと反省しよう。何も本物の毒を飲ませてくるわけではあるまい。

イシュメルは後ろ髪を引かれるような顔で、モーガンに引きずられて政務に戻っていった。

アリーヤは先にカリテアが使う部屋に案内しようとしたが、あとでいいと言われてしまう。

「私の荷物を先に部屋まで運んでくださる？」

カリテアがアリーヤの侍女に命じたので、アリーヤは兵士を呼んで手伝ってもらうようにと命じた。女性だけで運ぶにはあまりにも荷物が多い。

しかも客室は別館にある。

ここからは距離があり、そんな遠くまで女性に運ばせるには酷だった。

結局、アリーヤには侍女ひとりだけがついてくることになった。カリテアは三人も引き連れていて、心なしか数で圧倒されている気分になる。

「さぁ、城を案内してくださいませ。……まぁ、私の方が詳しいかもしれませんが」

その言葉に、アリーヤの冴えわたる勘が警鐘を鳴らした。

なるほど、自分の方が昔から城に遊びに来ているので、まだ嫁いできて日が浅いアリーヤよりも詳しいのだと見せつけるための誘いだったのか。

イシュメルがいなくなった途端にぶつけられた敵意を、アリーヤは肌で感じ取った。

「カリテア姫は昔からこちらに遊びに来られていたのですね」

「ええ、幼少期からの仲です。よくふたりきりで遊んでは、城の中を駆け回りましたわ。私もイシュメル様も今とは違って随分とやんちゃで……って、あぁ、申し訳ございません、皇妃様はご存じないですわよね」

「そうですね。ですが、昔の話はイシュメル様からよくお聞きしております」

「でも、私との仲は知らなかったのですね」

……どうしよう。こちらが好意的に話をしようとしても、すべてカリテアの優位性を見せつけるような返答しかこない。

(これは私も応戦した方がいいのかしら)

もし、それでイシュメルに迷惑がかかるのであれば控えたい。

そうではないのなら、こちらも負けたくないのだが。

「最後に遊びに来られたのはいつですか?」

「去年ですわ。イシュメル様が皇妃探しを始めたくらいかしら」

懐かしそうにカリテアが目を細める。

「あのときは誰もが私がイシュメル様に選ばれると思っておりました。私もそうです。きっと一番懇意にしてくださっている私を選んでくださるだろうと」

そして、アリーヤを見て、冷ややかな視線を寄越したのだ。

「まさか、アスカムなんて小国から娶(めと)るとは夢にも思いませんでした。……本当、悪夢のよう」

悪夢とはとんだ言い草だ。

たしかにイシュメルとの結婚を夢見ていたカリテアからしてみればそうなのだろうが、それを何も本人にぶつけなくてもいいのに。

(完全に喧嘩(けんか)を吹っかけられているわ)

侍女もそれに気付いたらしく、ムッとした顔をしていた。

「アリーヤ様はおいくつですの？」

「今年十八になりました」

「あら！　私と同じ年ですの？　てっきりまだ成人しておられないかと……ほほほ、申し訳ございません、私ったら勘違いして」

ぐさりと大きな剣を胸に突き立てられた気分だ。

年齢を聞かれたときに嫌な予感はしていたが、まさかこんなにはっきりと言われるとは。

先ほどカリテアの大人っぽさに劣等感を刺激されたばかりのアリーヤには、酷く突き刺さる言葉だった。

彼女もそれを分かっているのだろう。

顔色を変えたアリーヤを見て、ほくそ笑んでいた。

主な居住地である左翼を中心に回る。

右翼はもちろん閉鎖されており、管理を任されている侍女と掃除の下女以外は立ち入りを禁じられていた。

もちろん、アリーヤは特別に入ることを許可されている。

そこにカリテアが入りたいと言ってきたのだ。

「昔はそちらでよく遊んでいたので懐かしくて。あっ！　そうだわ、あのブランコ。あれにもう一度乗ってみたいです」

ブランコと言われて、アリーヤの背に嫌悪感が駆け上がってきた。

あれはイシュメルとアリーヤの場所だ。

昔はそこで遊んでいたかもしれないが、今はふたりだけの場所。

誰にも立ち寄ってほしくないし、ましてやブランコに乗ってほしくなかった。

「申し訳ございません。あちらは保安上のすべてを閉鎖しております。ですので、案内するのは難しいです」

無理に笑顔をつくっているので顔が引き攣ってしまっているのが分かった。

ところが、カリテアは引き下がってくれずに食い下がる。

「ええ！　でも庭にありますのよ？　ブランコ。中庭くらいは大丈夫じゃないかしら」

「いいえ、中庭も立ち入りを禁じられております」

「でもアリーヤ様は入られるのでしょう？　一緒なら私も入れるはず。まずは行ってみましょう？　私、どうしてもブランコに乗りたいわ」

そう言って勝手にカリテアは動き出す。

たしかにアリーヤが一緒ならば入り口を警護している兵士も通してくれるだろう。

だが、どうしてもそれだけは嫌だった。

咄嗟に身体が動き、カリテアの腕を掴んでいた。

「おやめください！　あのブランコはカリテア姫の思い出の場所ではなく、もう私たちの場所です！」

そう叫んだあとに、ハッと我に返り青褪めた。

なんて子どもじみたことを言ってしまったのだろうと。

カリテアも必死な形相のアリーヤを鼻で笑う。

「嫌だわ、皇妃様。ブランコひとつにそんなに必死になって。見た目だけではなく、中身も子どもっぽいのね」

ブランコは死守できたが、アリーヤの中で何かが死んでいった気がした。

(本当、毒を食らわされた気分だわ)

城内の案内をどうにかこうにか終えてカリテアと別れたアリーヤは、カウチに腰を下ろし、ドッと湧き出た疲れのままにクッションに倒れ込む。

散々だった。

終始カリテアにやり込められて、こちらが醜態を晒して終わったような気がする。

「お茶をお出ししますか?」

「ありがとう。お願いするわ」

一緒にいた侍女は、傷ついたアリーヤを気遣ってずっと支えてくれていた。本当、ひとりじゃなくてよかったと心の底から思う。

だが、これで分かった。

(あの人は私が嫌いで、私はあの人が嫌い)

それが分かってスッキリした部分もある。

もし、今日見極めをしなければ、二番目の兄嫁のときのように嫌われているのかどうなのかとハラハラして、モヤっとしたものを抱えながら過ごさなければならなかっただろう。

あちらが敵意を示すのであれば、こちらだってそれ相応の対応をするだけだ。

……問題は、アリーヤにカリテアをやり込めるほどに弁が立つか。

先ほどのように駄々をこねるような言い方をしてしまいそうな気がして、悩ましいところだ。

もっと大人になりたい。

子どもっぽい見た目だと揶揄されても、それを跳ね付けるほどの人間性を磨き上げたい。

侍女がお茶を淹れてくれたのでそれをありがたくいただく。

荷物を運ばされた侍女たちは帰ってきたのかと聞くと、アリーヤたちが戻る前に帰ってきて今は他の仕事をしているとのこと。

労いの言葉を伝えるようにお願いをした。

「アスカム国からお手紙が届いておりましたよ」

「アスカムから?」

沈んでいた気持ちが一気に浮上する。

手渡された手紙の差出人を見ると、メイジーからの手紙だった。

仲のいい姉からの手紙とあって、喜びもひとしおだ。アリーヤは急く気持ちをどうにか抑え込みながらペーパーナイフで封を開けた。

故郷に懐かしさを覚えながら綴られた文字に目を落とす。

まだこちらに来てさほど経っていないというのに、随分と長い間離れていたような気がした。

「お姉様がアスカムの代表として建国祭にやってくるのね!」

近々メイジーに会える。

それはやさぐれていたアリーヤにとって何よりの朗報だった。

「お姉様、元気かしら」

きっと聞くまでもなく元気なのだろう。

いつものようにあの将軍を尻に敷きながらやっているに違いない。

早く会いたい。手紙を抱き締め期待を募らせる。

ただ、メイジーに初夜はどうだったと聞かれても困ってしまうが。

それでもイシュメルにもメイジーを紹介したい。

彼も姉を気に入ってくれるはずだ。

何せメイジーは自慢の姉だ。

アスカム国の中でも名高い美女であり、アリーヤと違って大人びていて綺麗な女性だ。

どちらかというとカリテアに近い。

隣に並ぶとことさら自分の子どもっぽさが際立つのは、メイジーとカリテアに共通するところだろう。

『あのときは誰もが私がイシュメル様に選ばれると思っておりました』

ふと、カリテアの言葉を思い出す。

今回アリーヤが皇妃にと望まれたのは、イシュメルが属国とこれ以上の縁を結ぶことを望んでいなかったからだ。

十か国、どの国とも同じく扱いたいという気持ちの表れだ。

チェキシアが属国の中でも帝国に近いと言われているが、これ以上近づけさせるつもりはないのだろう。だから、カリテアを選ばなかった。

もっと言えば、アリーヤが選ばれたのは運だ。

数多(あまた)ある国の中でアスカムが選ばれたのも、メイジーではなくアリーヤが選ばれたのも。

もしもイシュメルがもっと早く伴侶探しに乗り出していたら、メイジーが選ばれていた可能性は高かった。

偶然と運が、アリーヤをイシュメルの妻にした。

顔見知りだったわけではない、ましてや恋愛感情を持っていたわけでもなく、偶然引き合わせられたふたり。

だから、なおのこと気にしてしまうのだろう。

自分はイシュメルにふさわしいのかと。

もしも、アリーヤとメイジーどちらかを選べと言われたら、イシュメルはメイジーを選んでいたに違いない。

カウチからおもむろに腰を上げ、鏡台に座る。

鏡に映る自分は相変わらず幼い顔をしていて、さらにやさぐれているためかいつもより可愛くない。

　これではますます嫌な自分が増えていくだけだ。

　メイジーがやってくるまで女磨きをして、メイジーと並んでいてもイシュメルにアリーヤを選んで正解だったと思ってもらいたい。

「どうかされましたか？」

　突然鏡の前に座り込んだアリーヤを心配したのか、侍女が声をかけてきた。

「いいえ、たいしたことないの。でも、どうやって女磨きというものをしたらいいかしらと思って」

「もしかして、先ほどのカリテア姫のお言葉を気にされているのですか？　あれは自分が皇妃になりたかったのになれなかった僻(ひが)みからくる言葉ですわ。アリーヤ様がダメだとおっしゃっているのに、あんな風に茶化して」

　あの場ではアリーヤがあれ以上何も言わなかったので、侍女も出しゃばるのを控えたが、それでも腸(はらわた)が煮えくり返っていたようだ。

「アリーヤ様の可愛らしさは、決してあんな言われ方をされるものではございませんわ」

「ありがとう。そう言ってくれて嬉しいわ」

　純粋にアリーヤのために怒ってくれる人がいることが嬉しい。

　その気持ちをありがたく受け取ることにして、さらにそれだけではないと首を振る。

「私、イシュメル様の隣に並ぶにふさわしいと思えるようになりたいの。周りの人間から見てそう思ってもらえたらもちろん嬉しいけれど、何より自分自身がそう思えるようにならなくてはいけないわ」

自分がイシュメル自身に胸を張って「私が隣にいますから、安心してくださいね」と言えるのか。

まずはそこからだ。

人に馬鹿にされて劣等感を刺激されたからと、自分の子どもっぽさを嘆くだけでは何も変わらない。

無駄だとしても、何かしらの行動に移らなければ成るものも成らない。

動き出すことが大事なのだ。

「いつかイシュメル様に頼ってもらえるようになりたい」

――いつか、アリーヤが妻でよかったと心から思ってもらえるようになりたい。

アリーヤの気持ちが前に前に向いていく。

すると、侍女は優しく微笑む。

「大好きなのですね、陛下のことが」

突然そんなことを言われてギョッとする。

いや、慌てることではないだろう。

イシュメルは優しくて大人びていて、ときおり意地悪してくるけれどもそのあとは甘いし、アリーヤと家族になりたいと言ってくれているし、好きにならないはずがない。

「も、もちろんよ。皇妃として、イシュメル様の隣に並んでも恥じないようになりたいと思っているもの」

「いいえ、アリーヤ様のお顔を見ていると皇妃というよりは、ひとりの女性としておっしゃっているような気がしました」

「……私の、顔」

変な顔をしてしまっていただろうか。

アリーヤは自分の顔を手で触り確認する。

すると、侍女は鏡を覗き込むように顔を近づけてきた。

「陛下のこと、どう思いますか？」

イシュメルのことを。漠然とした問いだったが、不思議と答えはすぐに浮かんできた。

「優しくて、人として大きな方。私の言葉を笑って聞いてくれて、私にも静かに微笑みながら話してくれる人。尊敬もしているし、彼のために背伸びしたいとも思うわ。でも、イシュメル様はそのままのアリーヤでいいと言ってくださるの。それも嬉しくて……」

イシュメルの顔を思い浮かべる。

ここにきていろんな言葉をもらった。

いろんな優しさも、甘さもぬくもりも。

寝室でもそうだ。

突然主導権を握りたいと申し出てきたアリーヤを突っぱねることなく、耳を傾けて、痛みへの恐怖を取り除くように丁寧に身体を解してもくれた。

きっと面倒だったろうに、怖がるアリーヤを宥めてくれて、閨は怖いものではないと教えてもくれたのだ。

帝国のことを何も知らないアリーヤの好奇心に飽きることなく付き合ってくれるし、あのブランコのことだって話してくれたときは嬉しかった。

家族になりたいという言葉に喜びを覚えながらも、どこか物足りなさを感じたのはいつからだったか。

もっと彼の中に入り込みたい、もっともっと奥深くまで身体だけではなく心までも繋がれたらと思うようになったのはきっと。

「鏡の中のご自分の顔を見てください。――陛下を思って、どんなお顔をされておりますか?」

映っていたのは、頬を赤らめて今にも蕩けそうな顔をしている、恋する女だった。

その瞬間、すべてを自覚する。

今の関係にどこか物足りなさを感じていた理由。

家族になりたいけれど、それだけでは満足できないと欲張ってしまった理由。

「──私、イシュメル様を愛しているのね」

花が咲き誇るように、アリーヤの中で恋心が開花する。

そうすると、すべてのことがストンと腑に落ちた。

カリテアがブランコに乗りたいと言ったときにあんなにムキになったのも、イシュメルとの特別な思い出が塗り替えられてしまうと怖かったからだ。

こんなにも他の女性と自分を比べて、イシュメルにどう思われるのかを気にしているのも、女磨きに精を出そうとしているのも、彼にひとりの女性として望まれたいから。

今まで自分の子どもっぽさに劣等感を抱きながらも、こんな自分でも家族に愛されていると自信を持てたのに、イシュメルのことになると途端に持てなくなったのもすべて。

彼への愛が、アリーヤを変えていったのだ。

だが、もう一方で恥ずかしさも込み上げる。

(……私、イシュメル様になんて恥ずかしい真似をしていたのっ)

こみ上げてきた羞恥心に顔を覆い、じたばたと足を動かした。

侍女は温かくその姿を黙って見守ってくれていたが、傍から見れば挙動がおかしかっただろう。

けれどもそんなことも構わないくらいに、その場に転げ回りたい。

今まで痛くされたくないという気持ちだけで初夜に挑み、イシュメルに賭けを持ち出されても負けん気で引き受けていた。

滑稽すぎる。

まるで自分のことしか考えていなくて、これだから子どもっぽいと思われるのだと、今までを振り返って反省する。

そうだ、普段もそうだが、閨でも彼に任せられるようにならなければ。

きっと今までアリーヤが頼りないから主導を任せられなかったのかもしれない。

それに。

(イシュメル様にも気持ちよくなってほしいわ。私がたくさん気持ちよくしてもらっているように)

痛くならない方法はたくさん調べてきた。

でも、男性を気持ちよくさせる方法は学んでこなかったのだ。

これは閨の勉強をし直さなければならないかもしれない。今度は視点を変えて、男性を気持ちよくさせる方法を学ぶのだ。

そう考えたらもうカリテアどころの話ではない。

もっと重要な問題を見つけてしまったアリーヤは、さらに深刻な問題に当たって四苦八苦することになった。

(……な、なるほど、棒をこう……刺激するのね。手とか、口とかで。……きゃっ！　この絵、胸で挟んでいるわ！　こんなこともできるの⁉)

ずっと閨の教本を読むときは、女性の身体の構造と、挿入時の部分を中心に厳選して読んでいた。

そこが肝心だからだ。もっと言えばそこだけが重要だと思っていた。

目次を見て、目的の部分を開いて読み、頭の中で試行錯誤を繰り返していた。

ところが、他の項目に目を向ければ、アリーヤが知らなかった世界が赤裸々に描かれている。

イシュメルは言っていた。

前戯が大切なのだと。

挿入時に快感を得るには下準備をしっかりしなければならないと教えてくれていた。

それを知らなかったアリーヤはずっと挿入のことだけを考えていたが、逆に男性に対しても同じことが言えるのではないかと思い至った。

そこで他の項目を読むことにしたのだが、もっと早く読めばよかったと後悔ばかりが湧き起こる。

こんなに大事なことが書いてあったのに見逃していたなんて。

あんな風にイシュメルの真似をして胸を吸ったことなど、まるで稚戯と言えよう。

教本の中では、思わず目を覆いたくなるような言葉や絵がたくさん出てきた。

（……イシュメル様を悦ばせるためにはこれらをしなければならないのね）

分かっているが、恥じらいばかりが生まれてくる。

どうして初夜のとき、イシュメルの上に乗って棒を掴んで挿入できると思ったのだろう。あんな大胆なことをできると驕ってしまったのか。

きっとあのときはまだ好意はあれども恋愛感情はなかった。

どう見られるかなんて二の次だったからかもしれない。

教本を読んでも義務だからとか、必死さが先立っていたが、もうイシュメルの身体を知っているアリーヤはまざまざと想像できる。

この本の通りにしたら、どんなことになるのか。

アリーヤはどんなものに触れて、口づけて、身体すべてを使って愛撫をするのかを知ってしまっている分、考えるだけで身体も反応していた。

それでも、この恥じらいを乗り越えて、アリーヤはイシュメルを気持ちよくさせる。そして、喜んでもらいたい。

その一心で勉強をし続けた。

さて、では、その成果を閨で見せよう。

そう決意してその日の夜、寝室へと向かった。

こんなに挑むような気持ちで寝室に向かうのは、初夜以来だ。

けれども、あのときとはアリーヤのイシュメルへの思いはまったく違う。

緊張は初夜以上かもしれない。

ゆっくりと寝室の扉を開き、ベッドの縁に座ってイシュメルを待っていると、彼はすぐにやってきた。

「イシュメル様！」

思わず立ち上がったものの、どうしていいか分からずその場に立ち尽くす。

「大丈夫か？　アリーヤ、体調はどうだ？」

心配そうな顔をしてイシュメルが駆け寄ってきた。

実はあのあと、食事を摂る気分になれずに断ってしまったのだ。

勉強に熱中しすぎて頭も胸もいっぱいになってしまった。

それに、恋心を自覚したばかりですぐにイシュメルの顔は見られない。もう少し時間がほしかった。

「大丈夫です。あの、体調が悪いとかではなくて……ただ、気分が優れなかったと申しますか」

何と言って誤魔化していいものか。

心配してくれているイシュメルに嘘を吐くのは心苦しいので、曖昧なことしか言えなかった。

だが、それがますます彼の心配を深めてしまったのだろう。

真剣な顔をしてアリーヤを一旦ベッドに座らせて、自分も隣に腰をかけて向き合ってきた。

「もしかして、カリテア姫に何か言われたのか?」

……カリテア姫? と首を傾げ頭の中で考え、ようやく思い出した。

そういえば彼女に城の中を案内してもらうと決まった際に、イシュメルが酷く心配そうな顔をしていたのだ。

おそらく、カリテアの毒気にあてられて元気がなくなってしまったのではないかと危惧しているのだろう。

たしかに一時は落ち込んでいたがすぐに立ち直り、しかもイシュメルへの恋心に気付いたあとはカリテアのことなど頭から吹っ飛んでいた。

慌てて手を横に振る。

「いえ! 大丈夫です! たしかにカリテア姫はイシュメル様がおっしゃるような方でしたが、それで体調を崩したとかではありませんので」

あくまで自分の恋愛感情に振り回された結果だけれども、それを知らないイシュメルには流れとしてはそう見えても仕方がなかった。

「本当に大丈夫です! 体調も大丈夫です!」

ほら、こんなにも元気ですと見せるように両腕を上げる。

それでも心配が消えないのか、イシュメルはこちらの顔を覗き込み目を合わせてくる。

（……うぅっ……今までこんな近くで見られても平気だったのにっ）

今は心臓が飛び出てしまうほどにドキドキしている。

懸命に鼓動を静めようとしていたのだが、やはり難しい。思わず顔を退けて横を向いてしまう。

「アリーヤ？」

「……え、えっと……ところで、イシュメル様は今日は何かありました？」

「いや、ただ政務に追われていただけだが……」

「……そうですよね……あはは……ははは……」

イシュメルの訝し気な視線が痛い。

気まずさに口を閉ざすと、彼も口を閉じた。

変な空気が流れる。

だが、押し黙っている場合ではない。

今日のアリーヤはイシュメルを気持ちよくさせるという使命があるのだから。

さっそくそういう雰囲気になって、こちらから切り出さなければ。

気持ちだけが前のめりになるのだが、いざ言葉にしようと思うと思考が停止してしまう。

（……何と言えばいいの？　イシュメル様の棒を触らせてください？　舐めさせて？　……そ

れとも胸で挟ませてください、とか?)

さすがにその切り出し方は大胆ではないだろうか。

もう少し柔らかな言い方があるだろうと言葉を探すも、結局「気持ちよくさせてもいいですか?」という文言しか出てこなかった。

気持ちよくさせられる自信があまりないので、できればこの言葉を使いたくはないが、他にちょうどいい言葉が見つからない。

「イ、イシュメル様」

とりあえず言ってみるぞと顔を上げて彼の顔を見る。

すると、何かを話そうとしているアリーヤに気が付いて、彼は「どうした?」とまた顔を覗き込んできたのだ。

イシュメルの端正な顔に言葉を失い、用意した言葉が頭の中からすっ飛んでしまう。

「……いえ、あの……その……」

(言えない!)

恥ずかしさが拭いきれなくて、咽喉に声が張り付いて出てこない。

言おう、切り出そうと心の声だけが大きくなるのに、実際の声はまともな言葉にならない。

混乱したアリーヤは、ハッと思いついた話題を口にした。

「今日! ……今日、アスカム国にいる姉のメイジーから手紙がきました!」

これだ！　と活路を見出したアリーヤは、それについて捲し立てる。

「姉とは、お前に主導権を握れと言ってきたあの姉か？」

「そうです。その姉です」

メイジーもイシュメルに不憫な思い出され方をされてしまったものだが、あとでフォローをしておこう。

メイジーが建国祭に来ること、手紙には家族の皆は元気にしていると書かれてあったこと、まだ離れてそんなに時間が経っていないのに懐かしさを覚えたことを話す。

「早くお姉様に会いたいです。今から楽しみで」

話をしているうちに、手紙を読んだときの温かな気持ちが甦ってきて、自然と笑みが零れていた。

初めて参加する建国祭も楽しみなのだが、メイジーに会えることでさらに楽しみが広がった。待ち遠しくて仕方がない。

そんな思いから、いつの間にかメイジーとの思い出話になっていた。

メイジーとお揃いのドレスにしたくて必死に母に強請って、背伸びをしたドレスを着たこと。

彼女が嫁ぐ前日、もう一緒に住めないのだと悲しくなって一晩中泣き明かしたこと。そのとき、真夜中なのにもかかわらず「きっと泣いているだろうから」と様子を見に来てくれたこと。

アリーヤが帝国にくる前日もたくさん話して、最後はギュッと抱き締めて別れたこと。

話は尽きなかった。

「仲のいい姉妹だったのだな」

イシュメルにそう言ってもらえて嬉しかった。

「アスカム国に帰りたくなったか？」

「そうですね。少し故郷が恋しくなってしまいました」

いつかは帰郷したい。

でも、それは帝国でアリーヤの居場所をつくって、地盤を固めてからの話だ。望郷の念に駆られている暇はまだないだろう。

「そうか」

イシュメルはアリーヤを自分の腕の中に閉じ込め、ギュッと抱き締めてきた。

「さて、そろそろ寝ようか。今日はお前も疲れただろう」

「……あ……はい、そうですね」

彼の言葉を聞いて、こちらから誘わなくてよかったとホッとした。あちらからそう切り出したということは、イシュメルも今日は疲れてしまっているのだろう。

そんなときにアリーヤの我が儘に付き合ってもらうのは申し訳ない。

（また明日誘ってみよう）

明日こそは上手く言えるといいけれど。

次に期待を寄せながら目を閉じた。

ところが、結局次の日も、また次の日も切り出すことができずに終わってしまう。

顔を見るだけで恥ずかしくなって逃げ腰になり、上手く話せなくなってしまったのだ。

それがイシュメルに新たな誤解を抱かせることにも気付かず、アリーヤはなかなか出てこない勇気をどうにかこうにか振り絞ろうとしていた。

──アリーヤの様子がおかしい。

どう考えても、あの日何かあったに違いない。

イシュメルは、アリーヤの様子を思い浮かべては懊悩する。

何が原因か突き止めようとしたが、考えられるのはふたつしかなかった。

ひとつはカリテアだ。

彼女に何かを言われて落ち込んでいるのかもしれない。

もうひとつは、姉から来たという手紙だ。

前者は対処できる。カリテアの言うことなど気にすることなどないと慰めて、彼女の心の曇りを取り攫うことは可能だろう。

だが、後者の場合は厄介だ。

もし手紙ひとつで里心がついてしまっていたら、イシュメルにできることは少ない。

故郷を忘れろと言うのは酷だし、我慢しろというのも可哀想だ。

もし、メイジーに会ったときに郷愁がさらに深まったら、――アスカムに帰りたいと言い出したら、おそらくイシュメルはどうしたらいいのかと呆然と立ち尽くすだろう。

帰ってほしくない。

側にいてほしい。

この腕の中にいつまでもいてほしい。

そう叫んで掻き抱いてしまいたい。

だが、もしアリーヤが帰りたいと泣くくらいにアスカムを恋しがるのなら、ここの居心地が悪いということに他ならない。

イシュメルが彼女の心を掴むことができずにいるのだと言われているのも同然だ。

アスカムにいる家族よりも深い結びつきを持ちたいと願った。

アリーヤと家族になるために、いや、それ以上になるためにと。

けれども、ここ最近のアリーヤのイシュメルへの態度を見るに、疑惑を深めるばかりだ。

何かを言いたげに口籠もり、こちらから聞き出そうとすると顔を逸らして気まずそうな顔をする。それどころか逃げてしまうのだ。

後ろめたいことがある人間のそれだ。

さて、どうしたものか。

イシュメルは政務をこなしながら考え込む。

とりあえず考えられる憂いは潰していこう。

先にカリテアの方かと、手が空いたときに彼女を訪れた。

「イシュメル様！　会いに来てくださるなんて嬉しいです！」

イシュメルの姿を見るや否や飛びついてくる。

モーガンから上がってきた報告によれば、彼女はあの日イシュメルと別れたあとにアリーヤの侍女に荷物を部屋に運ばせて、さっそく城を回ったようだ。

そのさいに右翼に行くとか行かないとかのひと悶着があったらしく、アリーヤが声を荒らげていたのを目撃した人間が多数いたとのこと。

さらにそのときアリーヤと一緒にいた侍女によると、カリテアは随分とアリーヤに酷いことを言っていたらしい。侍女自身がそのときのことを思い出して憤慨するくらいだったと。

曰く、カリテアはことあるごとにイシュメルとの仲をアピールし、自分が皇妃に選ばれるはずだったと言いがかりをつけていた。

それればかりか、右翼にあるブランコに乗りたいと言って無理矢理行こうとしたカリテアをアリーヤが止め、ブランコを取られるのが嫌なんて子どもっぽいと馬鹿にした。

報告を聞くだけでイシュメルも腸が煮えくり返った。

たしかに昔はあのブランコでカリテアと遊んだことはあったが、随分と幼い頃だ。

そのときはあのブランコに特別な意味を持ってはいなかった。ただカリテアにごねられたから乗せただけのこと。

けれども、時を経て、両親への気持ちをアリーヤに吐露した今では、あそこはふたりの思い出の場所になっている。

そんな特別な場所に誰にも立ち入ってほしくないと思うのは、イシュメルだって同じこと。

中庭には庭師以外、入れるなと命じてあるくらいだ。

今まではカリテアの我が儘を適当にあしらっていたが、アリーヤがいる今はあしらうだけではだめなのだと気付く。

城を案内してほしいとアリーヤに言ってきたときにそれを分かって、何が何でも阻止しなければならなかったと、今さらながらに反省するイシュメルの教訓だ。

だから、今日は引導を渡すためにやってきた。

これ以上アリーヤを傷つけることは許さないと。

「お茶でも淹れましょうか？　チェキシアから持ってきた美味しいお茶がありまして」

「いや、結構だ。今日は貴女に言いたいことがあって来た」

「言いたいことですか？　なんでしょう？」

しなりをつくり首を傾げる彼女は、期待を込めた目でこちらを見ている。

昔から苦手だった。

いかにも媚びを売るような声にしぐさに顔。何が何でも皇妃になろうとする野心的なところ。

いいや、野心的なのはいい。ただ、彼女の場合は、目的のためならば他人を蹴落とすことを平然とやってのけるから性質が悪い。

チェキシア王が何でも許し、困ったことがあっても王が何とかしてくれるという甘えのもと、やりたい放題だ。

本人にも言ったが、同じ年の箱入り娘という点はアリーヤも同じだというのに、こんなにも性格が違うのかと驚くほどだ。

「今回、前もっての報せもなくこちらに来た理由はなんだ」

「それはもちろん、早くイシュメル様にお会いしたかったからです。会う時間が長ければ長いほどいいと思って」

いいと思っているのはカリテアだけで、イシュメルにとってははた迷惑だ。

スッとイシュメルの腕に手を添えてきたのを見て、目を細めた。

「無駄だぞ」

そして、払うようにその手を押し退ける。

「俺に近づいて愛人なり皇妃の椅子を奪おうと浅はかなことを考えているのかもしれないが、

無駄だ。お前だけは絶対に選ばない。いや、アリーヤ以外、選ぶつもりはない」

冷ややかな目で見下ろすと、カリテアの顔が引き攣った。

「そんな、奪おうだなんて、大それたことは考えておりませんわ」

「ならば、アリーヤを皇妃として敬え。先日のような無礼な態度は絶対に許さん」

「無礼な態度など……」

「俺がいなくなったあとのことも報告を受けている」

サッと顔色が変わる。

性根の悪さも嫌うところだが、カリテアの浅はかさも同じくらいに嫌いだ。

万が一でも皇妃になれたとしても、その器ではないだろう。

アリーヤは皆に認められる皇妃になろうと研鑽を積むが、カリテアは皇妃になることをゴールとしているためにそれ以上のことはしない。

おそらく慢心して、その権威を振りかざすだけ。

それが目に見えて分かるからこそ、カリテアは最初に候補から外していた。アリーヤを知った今ではさらに選ぶ可能性は皆無だ。

それなのにチェキシア王を含め、いまだに諦めずにいる様子。

どうやら、イシュメルはつけあがらせてしまったらしい。

属国とはいい関係を築いていきたいと思えども、以前から遠慮のない態度は目に余るものがあった。

「これ以上、アリーヤを傷付けるような真似をすればもう容赦はしないぞ。カリテア・バルコヴァー。俺はお前の国との関係など考慮せずに動くことになる。そうなれば、お前もチェキシアで立場はなくなるだろう」

「そ、そんな！　……どうしてそんな酷いことをおっしゃるのですか」

今度はさめざめと泣いて見せてきた。

アリーヤに酷いことを言ったのはそちらの方なのに、どうしてカリテアが被害者面できるのか。

「いいか、はっきり言っておくが、どんな形であれ、あのときの反乱でお前の父親が橋渡し役をしてくれたことを恩義に感じているから、今まで目をつぶっていた。だが、それを笠に着て他の属国に偉そうな顔をするのも、俺にすり寄るのももううんざりだ」

親子ともども、むしろチェキシアごと切り捨てることになっても構わない。

もともとチェキシア自体、西方に浮かぶ島にある。

その島は二分されており、ふたつの国が昔から国境争いをしてきた。

チェキシアが隣国に侵略されずにいるのは、帝国の属国になったからだ。背後に帝国の存在をちらつかせて相手を牽制しているのだ。

故に、帝国の保護を失えばあっという間に隣国に攻め込まれるだろう。

それはチェキシア王も望まないところだ。

「――二度とアリーヤに近づくな」

チェキシアを失いたくなければな。

凄みを利かせた声で言えば、カリテアは小さな悲鳴を上げていた。

「返事は」

「……え?」

「アリーヤに近づくな。それが分かったかどうか、返事を聞いているんだ」

下手な言い逃れができないように言質を取る。

いや、これは命令なのだから返事を聞くまでもないのだが、返事をさせることにより分からせる必要があった。

アリーヤに手を出せばどうなるかを。

「…………は、はい」

震える声で返事をするときには、カリテアの顔から色味がなくなっていた。さしもの彼女もどれほどまずいことをしたのか分かったのだろう。

これ以上話すことはないとイシュメルが踵を返すと、泣き崩れる声が聞こえてきた。

あのとき、アリーヤもカリテアに酷いことを言われて泣きたかっただろうに気丈にしていたという。

そのときの反動が先日の様子なのであれば、なんていじらしいことなのだろう。

だが、これでアリーヤの憂いを払った。

あとは彼女自身から話を聞き出して慰める。

そうすれば、またいつものように笑顔を見せて、イシュメルに近寄ってくれるはずだ。

さっそく寝る直前、ベッドの上で切り出してみた。

「アリーヤ、カリテア姫のことだが、俺の方からきつく言っておいたからもう近づいてこないだろう。だから、元気を出していつものお前に戻ってくれ」

腰を抱き寄せ、アリーヤのつむじにキスを落とす。

これできっと可愛らしい笑顔を見せてくれるだろうと。

「カリテア姫のことですか？　もう気にしておりませんが……」

ところが返ってきたのは笑顔ではなく、何のことか分からないといった顔。キョトンと大きな目を丸くしている。

その顔も可愛らしいが、そうではない。

「だが、何か悩んでいただろう？　だから、てっきり俺はカリテア姫に言われたことを気にしているのかと」

「もしかして私の侍女にカリテア姫のことを聞いたのですか？」

眉を顰められて、イシュメルはたじろいだ。

「……悪い。ついお前が心配で」

「いいえ、謝ることではありません。イシュメル様は最初から気を付けるようにおっしゃっておりましたし、気にかけるのは当然のことです」

よかった、怒っていなかったとホッと胸を撫で下ろす。

「カリテア姫には散々なことを言われましたが、イシュメル様がおっしゃるような方だと直接この目で確認できてスッキリしました。あとは何を言われても聞き流そうと思います!」

「……そうか」

もうカリテアに対しては随分と腹を括った対応を決めているようで、どこか晴れやかだった。

どうみてもずっと引きずって様子がおかしいわけではなさそうだ。

(やはり姉の手紙か? 里心がついてしまったのか?)

イシュメルは焦燥感を覚える。

今のうちに憂いを潰しておかなければ、取り返しがつかなくなるかもしれない。

そう思い、アリーヤの肩を掴む。

「では、何をそんなに気にしているというのだ。様子もおかしいし、俺を最近避けがちだろう? それに俺に何かを言おうとしている。教えてくれ、アリーヤ。どうしたというんだ」

「……わ、私」

アリーヤは何かを言いかけて、ポッと頬を染めると顔を逸らした。

その不可解な態度がさらにイシュメルを追い詰めた。

「……あの、言いたいことがあるのですが、まだ心の準備ができていなくて。だから、心の準備ができたら、きっと、いいえ、必ず言いますのでお待ちください！」

そう言い残し、アリーヤはベッドの中に潜ってしまう。

この話は今はしたくないとばかりに。

（……言いたいこととは何だ）

そんなに心の準備を必要とすることなのか。

どれほど重要なことなのか。

考えれば考えるほどに悪い方向へと思考が傾いていく。

結局、アリーヤの心の準備はまだできないらしく、なかなか切り出してくれなかった。

そうこうしているうちにアスカムからアリーヤの姉がやってくる。

「メイジーお姉様！」

馬車から降りてきたあと、姉がイシュメルとの挨拶を終えたのを見計らって飛びついていた。

嬉しそうに抱き締めるアリーヤに、そんな妹を慈しみの目で見つめるメイジー。

柄にもなく妬いている自分がいる。

イシュメルには決して乗り越えられない、家族の絆を見せつけられているような気がしたのだ。

「お久しぶりです、アリーヤ姫。いえ、もう皇妃様ですね」

「デイミアン！　貴方も一緒なの？」

メイジーの隣に並んでいた男がアリーヤに頭を下げて礼を取っている。

何者かと眉を顰めたが、アリーヤが男の手を握って喜んでいる姿を目にすると、眉間に皺が寄った。

彼はデイミアンといって、メイジーとアリーヤの幼馴染みなのだと紹介してくれた。

侯爵家の次男坊で、近衛兵をしているのだとか。

「今回はメイジー様の護衛を頼まれたからな」

「そうよ、貴女もデイミアンに会いたいかと思ってね」

得意げにメイジーが言っているのを聞いて、イシュメルは「余計なことを」と心の中で吐き捨てる。

「元気そうでよかったよ、アリーヤ姫。少し大人びた感じもするしな」

「分かる？　そうなのよ。私も帝国に来ていろいろと頑張っているんだから！」

「でも、可愛らしさは相変わらずだわ。あーん！　もう一度よく顔を見せて頂戴、アリーヤ」

和気あいあいと話す姿は、城に入っても見られた。

それを横目で見ている自分は、どこか別の世界にいるかのよう。

これが帝国に来るまでのアリーヤの世界だった。

姉とその護衛と親し気に話して、笑顔が絶えないそんな日々を過ごしていたのだろう。

イシュメルなんて、彼女に笑顔を向けてもらえなくなってどれくらい経っただろう。

まだ十日かそこらだというのに、随分と向けられていない気がする。

互いに忙しいのも相俟(あいま)って、じっくり話し合う機会すらない。

自分の中で嫌な感情が渦巻く。

幼馴染みだかなんだか知らないがくっ付きすぎではないだろうか。あんなに笑顔を向けて、大人っぽくなったと言われて喜んだりして。

いっそのこと、アリーヤを引き離して「触るな」と言ってしまいたい。

言ってしまいたいが。

(それではあまりにも大人げない)

初めての葛藤に大きな溜息が出る。

アリーヤは、イシュメルを大人びた人間だと思っている。それが彼女が感じているイシュメルへの尊敬の大部分を占めているだろう。

実際、年は八つも離れているし、自分も彼女に対してそんな態度を取ってきた。

帝国にひとりでやってきて不安だろうとアリーヤが落ち着けるような雰囲気をつくったし、初夜で痛いのは嫌だと怯える彼女を優しく宥めもした。

まるで無垢な彼女を自分の色に染めるように、イシュメルを頼れるようにと導いていく。

そうすることで信頼を得られていると実感したからだ。

アリーヤもイシュメルを男性と意識していなくとも、頼りがいのある人だと思ってくれているはず。

そこからどう男として意識させていくかが問題なのに、ここで嫉妬まみれの自分を見せて幻滅されたくない。

みっともないところを見せて、「イシュメル様ってそんな方だったのですね」と嫌がられたら、と想像してみる。

(想像するだけで胸が痛くてしんどい)

どうしたものかと、政務をこなしながら懊悩する。

今頃、あの三人は思い出話で盛り上がっているのだろう。

それは当然だ。そうあるべきだろう。

けれども、どうしてもそのままアリーヤを連れ攫われてしまうのではないかという不安が止まらずにいる。

「サインをする手が止まっておりますが」

モーガンに咎められてハッとする。

政務に身が入らずにいつの間にか手が止まってしまっていたようだ。

「心ここにあらず、ですね」

「すまない」

そう言われても仕方がない姿を晒し、謝るしかなかった。

「何をそんなに思い悩んでいるのです。珍しい」

「珍しいとか言うな。俺だって悩むことだってある。例えば、どうしてこんなにも仕事が多いんだとかな」

もしここまで忙しくなければアリーヤと話し合う時間をつくれただろうに。

「それは貴方が周りに人をあまり置かず、何でもかんでもご自分でやってしまわれるからです。もっと臣下に仕事を割り振れと言っているのに、聞く耳を持たない貴方の自業自得ですぞ」

ぐうの音も出なかった。

たしかにモーガン以外の人間を仕事上ではあまり信用できず、抱えなくてもいい仕事も抱えてしまっている。

今までそれで回っていたので気にもしていなかったが、このままのやり方ではアリーヤに寂しい思いをさせてしまうかもしれない。

「……明日から回せる仕事は回す。あと人員を増やしておけ」

「承知いたしました」

そう言いながらニヤニヤしているモーガンの顔が癪で顔を顰める。

「いやはや、仕事人間の貴方がここまで変わるとは、皇妃様さまさまですな。それで、お悩みになっているのは、皇妃様のことですかな? 喧嘩でも?」

「喧嘩ならまだよかったがな……」

原因が分からないので手の打ちようがない。

イシュメルだけがやきもきして、みっともないところを見せてしまいそうになっている。

「何にしてもしっかりと話し合うことですぞ。陛下は何でもかんでも抱え込みますからな。仕事も自分の感情も」

冗談交じりに言われたが、真理だ。

だが、すべてを晒してみっともないところを見せたとして、そこから好きになってもらえる自信もない。

――自分がもっと理性的な人間だったら。

いや、アリーヤがイシュメルの理性を奪うのだ。

彼女がすべてを掻(か)き乱(みだ)す。

人を愛するとはこんなにも苦しい。

こんなにも臆病になって、こんなにも貪欲になるのだと、イシュメルは知ってしまった。

知りたくなかったのに、アリーヤへの愛が深まれば深まるほどに沼に沈んでいくような気すらしている。

そんな中、アリーヤが言ってきたのだ。

「イシュメル様、お姉様と一緒に眠る約束をしたのですがいいですか？　アスカムにいた頃はよくふたりで眠っていたので懐かしくなってしまって」

唯一話せる就寝時の時間もメイジーのところに行くという。

申し訳なさそうに何度も謝るアリーヤを見ていると嫌だとも言えず。

「姉妹仲が良くていいことだな。行っておいで」

大人のふりをして言うしかなかった。

「ありがとうございます！」

アリーヤが満面の笑みを見せてくる。

そうだ、これが見たかったのだと、イシュメルは胸が熱くなった。

結局、自分はアリーヤのこの笑顔に弱いのかもしれない。

先ほど胸を攫った寂しさなど、可愛らしい笑顔を見ればあっという間に消えてしまうのだから。

とはいえ、深刻だ。

（アリーヤが足りない）

まるで水分と日照りが同時に不足した土地になった気分だ。

ふたりっきりになりたいのに、次から次へと各国から賓客がやってきてそれどころではなくなってきた。

イシュメルもそうだが、アリーヤもまたマナーの勉強やらダンスのレッスンやら、賓客の相手をして忙しい。

夜もメイジーのところに泊まりに行ったり、一緒に眠れるかと思いきやイシュメルが遅くなって先に眠ってしまっていたりと落ち着かない日々が続いていた。

結局、建国祭当日にようやくふたりきりになれる時間を得たのだ。

建国祭の会場になっている広場に向かう馬車の中で。

「……こうやって面と向かうのは久しぶりだな」

「そうですね。お互いに忙しい身でしたから」

心なしか忙しさに少しやつれたように見える。

お互いに大変だったなと労うように、アリーヤの手を握り締めた。

「その羽根、つけてくれたのだな」

「もちろんです！　これはイシュメル様にいただいた大事な羽根ですから！」

彼女は胸元に手を当てる。

そこには、以前イシュメルがあげた白い羽根が飾られてあった。

これから建国祭の会場に行き、皆の前で献上された白い羽根を選ぶのだが、それとは別にイシュメルがあげたものを飾り、さらに大事そうにしてくれているのが嬉しかった。

嬉しくて、気持ちが昂って、どうしようもないほどに愛おしさが溢れてきて、――ついに限界がきた。

イシュメルはこてんとアリーヤの肩に頭を乗せる。

「イシュメル様？」

「アリーヤ、お前に言いたいことがあるんだ」

どうしても今言いたい。

今を逃したらいつ言えるか分からない。

機を失して、アリーヤをも失ってしまったら自分は大馬鹿だ。

「俺は……」

「ま、待ってください！　私も！　私もようやく心の準備ができたのでイシュメル様に言いたいことがあります！」

ぎょっとする。

よもやここで故郷に帰りたいと言い出すのではないだろうなと。

そうはさせまい、まずはイシュメルの話を聞いてから考え直してほしいと、バッと顔を上げてアリーヤの顔を見る。

「いや、俺が先に話したい」

「今ようやく勇気を振り絞ったところなので、聞いていただきたいです！　そうでなければ今度またいつ振り絞れるか分からないので！」

「嫌だ、まだ聞きたくない」

「どうしてですか！　聞いてください！」

　聞きたくないイシュメルと聞いてほしいアリーヤが押し問答をする。

　互いに必死になって、この機に自分の話を聞いてもらおうとしている。これを逃したくないと。

　だから、それは同時だった。

　もう破れかぶれになったふたりが口を開いたのは。

「――俺はお前を愛している！」

「――私、イシュメル様をひとりの男の人として愛してしまいました！」

　そして、互いの目が点になるのを見て、固まってしまう。

　次に何を言われたのか気付いたふたりは、徐々に頬を赤らめへなへなと崩れていった。

「……だから、どうかアスカム国に帰りたいと言わないでほしいと言おうと……」

「……私は、ですので、主導権云々関係なくイシュメル様を気持ちよくさせてみたいので、今夜どうですか？　と言いたくて……」

　そっと顔を上げ、目を見合わせる。

　イシュメルはアリーヤの頬に手を伸ばし、触れようとした。

「――皇帝陛下、皇妃様、広場に着きました」

手は彼女の辿り着くことなく、この先はまたお預けになってしまう。

ふたりの間に気まずい空気が流れた。

互いに目を合わせて、どうしようかと窺う。

「……話の続きはまたあとで」

「……ええ、そうしましょうか」

仕方がない、このあと儀式が待っているのだ、わきまえなければ。

けれども、もう一度アリーヤの愛を確かめたくて気持ちが逸る。

こんなに落ち着かない気持ちで儀式に臨んだのは初めてだった。

第四章

アリーヤの建国祭で着る純白のドレスは、今帝国内で人気のシュミーズドレスではなく、昔ながらの伝統的なものだ。

キュッと細くなった腰に、盛り上がったスカート。ロングトレーンにマント。

袖はパフスリーブで、胸元はイシュメルにもらった羽根を目立たせるために大きく開けている。

白い羽根の根元にはブローチとリボンをつけて飾り付けられており、アリーヤを見た人は皆そこに目を引き寄せられるだろう。

それと対になるように真っ白な礼服を着たイシュメルが隣に並ぶ。

彼はいつも下ろしている前髪を上げ、端正な顔立ちがよく見える格好をしていた。

他には羽根をつけておらず、献上品だけを身に着ける予定なのだろう。

その姿を見たとき思わず見蕩れてしまったが、それは他の女性たちも同じだ。

イシュメルを見た女性たちが頬を染め、黄色い声を上げていた。

気持ちは凄く分かると頷きたくなる。

だが、今アリーヤがすべきことは共感することではない。

「さぁ、どれにする？　皇妃よ」

目の前に差し出されたいくつもの白い羽根に、アリーヤは悩んでしまった。

イシュメルにどれにすると聞かれたが、正直、甲乙つけがたい。

悩みに悩み、今年初めて狩りに出たという少年の羽根にした。

こちらに差し出す少年の手が緊張で震えているのを見てしまったからだ。ここまでアリーヤに選ばれるために頑張ってくれたのだと考えていたら、思わず手を伸ばしていた。

イシュメルはすでに目星をつけていたらしく、すぐに決めてしまう。

選んだ羽根をイシュメルに頭に飾ってもらい、アリーヤも彼が選んだ羽根を胸元に飾り付けてあげた。

歓声が沸き起こり、イシュメルを称える声と、アリーヤを歓迎する声が響き渡る。

羽根が選ばれたふたりは胴上げされて、もうお祭り騒ぎだ。

羽根選定が終わると、ふたりで女神に祈りを捧げて儀式を終える。

できれば出店を見て回りたいがそんな暇はないらしく、すぐに城に戻ることになった。

市井の人たちはこれから文字通りお祭り騒ぎをするのだろう。

少し羨ましい。

だが、そう言っていられないのも現実だ。

今夜は晩餐会も控えている。

そう分かっているのだが……。

「モーガン！　俺たちはしばし休憩に入る！　昼過ぎまで誰も俺とアリーヤを呼びに来るな！」

イシュメルがモーガンにそう命じて、アリーヤを引き連れて寝室に入ってしまったのだ。

そしてそのままベッドに押し倒してきた。

「アリーヤ、先ほどの馬車での話だが」

「はい、そうですね。話の続きをいたしましょう」

儀式の間もずっとそのことが頭に引っかかっていた。

すぐに聞き出したい気持ちが常にあったが、さすがに周りに人がいては話せない内容だったためにここまで我慢していた。

彼もそれは同じだったようで、こちらを見下ろす顔にいつものような余裕は見えない。

互いの気持ちを確かめたい。

そう思っていたのは自分だけではなかったと分かって、アリーヤは嬉しくなった。

「まず、イシュメル様のお話からお聞きしても？」

「ああ。――俺はお前を愛している。だから、今さらアスカムに帰りたいと言ってももう帰してやれないし、手離してもやれない。諦めてくれ」

寂しい思いをさせたのであればすまない。

もし、居心地の悪い思いをずっとしていたのであれば、配慮が足りず申し訳ない。

それらを改善していくから、どうかこれからも側にいてくれとイシュメルは言い募る。

「俺をひとりの男として意識していないと分かっているが、どうか挽回の機会をくれ、と言おうと思ったのだが……どうやらこちらの望みは叶っていたようだ」

イシュメルは珍しく顔を真っ赤に染めて、気恥ずかしそうにしていた。

(照れていらっしゃる……！)

初めて見るその姿に、アリーヤは感動を覚えた。

こんな姿を見せてくれるのかと、嬉しくて仕方がない。

それにアスカムに帰らないでくれと必死な形相で言ってくれたときもそうだ。

彼らしからぬ感情を剥き出しにした姿を目の当たりにしたときは、胸がきゅんきゅんとうるさいくらいに高鳴った。

「どうして私がアスカムに帰ると思ったのか分かりませんが、私はまったくそのつもりはありませんよ？」

「本当か？」

「ええ、だってここですべきことがたくさんありますし、何より私もイシュメル様と離れるのは嫌ですもの」

イシュメルはホッとした顔を見せる。

その顔が少し幼く見えて、胸の中に抱き込みたくなった。

「どうして、私がアスカムに帰ると？」

「姉から手紙が来たその日から様子がおかしくなったし、何かを言おうとして口ごもっていただろう？　だから、何か言いづらいことを言おうとしているのかと」

加えて、心の準備をさせてくださいと言われれば身構えてしまう。

嫌な方向へと考えが傾いていくのは必然だった。

「……お前と話そうとしても逃げられるし、かといって俺自身も時間がなく、しまいには幼馴染みの護衛の男が現れるしで……いろいろと余裕をなくしたようだ。すまない、みっともない姿を見せてしまって」

「……それはその……申し訳ございません」

すべてはアリーヤが勇気を振り絞ることができずに怯んで逃げてしまったせいだ。そのおかげでイシュメルに変な憶測を植え付けてしまったのだ。

「ですが、先ほどの必死なお姿、まったくみっともないと思いませんでした。むしろ胸がときめいたと申しますか……」

大人びたかっこいい彼も大好きだ。

でも、人間味あふれた顔も愛おしい。

普段とのギャップに心を奪われてしまう。

それをアリーヤに見せてくれるということは、彼が心を開いてくれているという証拠に他ならない。

「あんな姿を見せても幻滅しないのか?」

「しません。だって、私も同じことを考えておりました。もし、イシュメル様に子どもっぽいところを見せたら幻滅されるのでは? と。他の女性と比べて、やはりアリーヤを妻にしたのは間違いだったのではと思われるのが怖くて」

ずっと言いたくて言えなかった不安が、するすると口から出ていく。

きっと、イシュメルが本心を口にしてくれているからだろう。おかげで、アリーヤもまた、素直になれる。

「だから、イシュメル様がどんなお姿を見せても、私は幻滅しません。受け止めて、貴方の新たな顔を見つけたと喜んでしまいます」

「俺も、お前がどんな姿を見せたとしても、否定したりしない。きっと、どれも可愛らしくて仕方がなくなってしまうのだろうな」

それはもうどうしようもないのだと言わんばかりに、イシュメルは苦笑していた。

「お互い様、ですね」

「ああ、お互い様だ」

フフフ、とふたりで微笑み合った。

「それで？　今度はお前の話を聞かせてくれ。たしか主導権は関係なく、俺を気持ちよくさせたいのだとか」

「それは！　……うぅ……そうです」

改めて言われてしまうと、居た堪れなさが湧き起こってきた。

実はアリーヤも焦っていたのだ。イシュメルとのすれ違いの生活に。

早く言わなければ、早く切り出してしまわなければと思いつつも、勇気が出なくて逃げ回っていた。

そうこうしているうちにお互いに忙しくなって、ゆっくり話す時間も取れず、夜も話し合おうと待っていても疲れて眠ってしまうこともしばしば。

イシュメルもたまに寝室ではなく、執務室の隣にある私室で眠っていたようで、驚くくらいに会えなかったのだ。

顔を合わせても、周りに人がいて話せる雰囲気でもない。

しかも、どこかイシュメルの様子もぎこちない。

さすがにここまですれ違うと逃げ回ったことを後悔した。

姉にも「陛下との仲は大丈夫なの？」と心配されてしまう始末。

だから、確実にふたりきりになれる馬車の中に賭けていた。

少しではあるものの話せる時間がとれるので、そのときに一気に言ってしまおうと。

結果、アリーヤが思っていた以上の話が飛び出てきたのだが。

「それをわざわざ心の準備をしてまで言うということは、何か今までとは違うのか?」

「……はい。私の心持ちと申しますか……イシュメル様との向き合い方と申しますか」

茶化すでもなく、アリーヤの言葉の真意を聞き出そうとしてくれている。

やはりこういうところが大人で、大好きだなと思ってしまう。

もし、イシュメルの言う「みっともない姿」を見たとしても、愛おしいと思うのは、普段のこういう姿が補って余りあるからだ。

根底にはこの優しさがあると知っているから、愛おしさがいつも凌駕（りょうが）してしまう。

だから、彼のために何かしてあげたいと望むのだろう。

「私、イシュメル様を愛していると気付いたのです。気付いたら、もっともっと、イシュメル様にいい姿を見せたいと思って」

そう考えたら、今まで閨でも自分のことばかりだったと気付いたと彼に話す。

痛いから主導権を握りたいとか、賭けを持ち出されて負けん気で引き受けたりとか、そんなことばかり。

「いつも私ばかりが気持ちよくさせてもらっているので、逆に私がイシュメル様を気持ちよくしてあげたいという気持ちが湧き起こりまして。……あ、あわよくばそうすることで、少しでも私を大人の女性として見てくださるかな、と」

そんな淡い期待すら持ってしまった。

必死だったのだ。初めての恋にどうしていいか分からず四苦八苦していた。

ただ、イシュメルの愛を得るにはどうしたらいいのかと、不器用ながらに考えた結果なのだ。

「ですが、改めて勉強してみたら、殿方を喜ばせる方法というのは……随分と過激でして。その……棒を口で慰めたり、胸で挟んだりと……とにかく大胆なのです！」

そうであるがゆえに切り出したくとも切り出すことが難しかった。

アリーヤは恥ずかしさを押し殺しながら謝る。

「それに、もし、イシュメル様が私を『女性としては愛せない』とおっしゃったらどうしましようと……」

「そんなわけないだろう。ここまで可愛がって、こんなにも心揺さぶられているというのに」

「ですが、恋をしたらどうやら私、臆病になってしまったようなのです！　以前はイシュメル様に乗りかかろうとしたくらいなのに！」

思い出せば思い出すほど恥ずかしい。

顔を手で覆い、本人を目の前にしながらも足をバタバタとさせた。

「たしかにあのときのお前は大胆だったな。俺に乗りかかって、棒を掴んで自分で入れようとして……」

「言わないでください！」

思わずイシュメルの口を手で塞いだ。

すると、彼は塞いだ手を取り、掌にチュッとキスをする。

「だが、臆病になる気持ちは分かる。愛する人だからこそ、嫌われたくない、ずっといいところを見せていたい、愛する人の一番になりたいのにどうしていいか分からないと悩み続ける」

俺もそうだ。

イシュメルは目を和らげてアリーヤを愛おしそうに見つめてきた。

その目を見ていると、胎の奥に欲の灯がともる。

腰が痺れるようなゾクゾクとしたものがせり上がってくるような……こないような、もどかしい感覚がアリーヤを苛んできた。

「アリーヤ」

彼もそれは同じなのだろう。

欲を滾らせた黒い瞳で見下ろせば、口づけを掌から手首へと移動させてきた。

「お前、自分で気付いているか？　会うたびに美しくなっていっている」

「……っ……それは、イシュメル様に相応しくあろうと、努力し始めたおかげです」

「そうか、俺のためか」

イシュメルは、すぅっと目を細めて、ぺろりと舌で肌を舐めてきた。

「……これから晩餐会の準備がございますのに」

「ああ、俺も予定が詰まっている」

お互い忙しい身だと分かっている。

こんなことをしている場合ではないと。

けれども、想いが繫がって気持ちが盛り上がった今、この欲を治めることは難しい。

どうしても愛を交わし合いたい。

どうしても、――イシュメルが欲しい。

目を潤ませて、この持て余すほどに溢れた想いをどうしたらいいのと縋った。

「一回だけなら……」

熱い息を吐きながらイシュメルは言ってきた。

「ですが、一回で治まります?」

いつも抱き合ったら、一回では終わらなかった。

イシュメルもそれを分かっているので、くッと苦しそうに呻く。

「もし、イシュメル様がよろしければ当初の予定通り……わ、私が、イシュメル様の棒をお慰めしてもよろしいですか?」

それならば、そこまで深入りせずに終わらせられるのではないだろうか。

アリーヤの身体も弄られないので、そこまで欲を煽られずに済むだろうし、何よりドレスを脱ぐ必要がない。

いつものシュミーズドレスなら簡単に脱げるが、今日はコルセットもつけているうえに真っ白だ。

もし汚したりしたらどう言い訳したらいいか分からない。

「慰めるって……口で？　それとも、挟んでか？」

ここで、とコルセットで持ち上げられているふくらみを指先で突いてきた。

「このドレスは私では脱げませんので、手と口でお願いします」

「分かった。じゃあ、挟むのは次回に持ち越しだな」

期待をされている。

これは何としてでも気持ちよくしなければ。

アリーヤのやる気がみなぎる。

「アリーヤ」

「はい？」

突然名前を呼ばれたので反射的に返事をすると、イシュメルは唇にキスをしてきた。

開いた口に舌を差し入れ、ねっとりと口内を舐る。

歯列をなぞったあとに舌を絡ませ、軽く擦り合わせたあとに上顎を舌先でくすぐってきた。

「……ぅン」

もどかしいものだった疼きが、キスによって甘く蕩けるようなものに変わっていく。

やはりこのまま抱かれてもいいかもしれないと思ったところで、唇が離れた。

唾液で濡れる下唇を指でなぞり、イシュメルはうっとりとした声で囁く。

「愛している、アリーヤ」

「私も愛しております、イシュメル様」

艶のある声と表情に、秘所からじわりと蜜が零れてきたのが分かった。

白い羽根を外し、ベッドから長い脚を投げ出して座っているイシュメルに近づく。

ドレスが汚れないように床に敷いたシーツの上に立ち、脚の間に身体を滑りこませる。

最初はこれから始めると合図するようにアリーヤからキスをした。

少し彼のやり方を真似してみたくて下唇を食むと、イシュメルは目を細める。そして、アリーヤの後頭部に手を回して、もう一度とばかりに軽く引き寄せた。

「こうしていると、二回目に賭けをしたときのことを思い出すな」

「あのときは勉強不足で胸を吸うだけで終わってしまいました。けれど、いまなら勝てる気がします。あ！　本に書いてありましたけれど、男性の中にも胸を攻められるのが好きな人がいるようですよ？　試してみます？」

イシュメルが棒よりもこちらを好むというのであれば、胸を頑張って攻めることもできるがと聞いてみたが、彼は棒の方がいいそうだ。

その場に膝を突いて、イシュメルの脚の間に顔を埋めるような姿勢を取る。

「……それでは、前を寛げますね」

初夜のとき、服の上から触ってみるかと聞かれ挑戦してみたが、結局触れなかった。

今回もあのときと同じくらいに緊張しているが、ちらりとイシュメルを盗み見れば、期待を込めた目でアリーヤの動向を見ているのが分かった。

だから、今さら恥ずかしいと手を引っ込めることはできない。

トラウザーズのボタンを外し、下着ごと下にずらす。

すると、中からいつも以上に凶悪な棒が出てきた。

こんなに間近で見るのは初めてで、思わず羞恥に目を逸らしたくなったが、けれども目を逸らせなかった。

浮き出た血管は太く、鈴口もヒクヒクと震えていた。

じぃっとそれを見つめていると、震えるそこから先走りが滲み出てくる。

思わずじっくりと観察してしまい、イシュメルに「アリーヤ」と呼ばれるまで気が付かなかった。

気を取り直して、アリーヤは屹立に手を伸ばす。

初夜以来の再挑戦である。

「……わあぁ……凄く硬いんですね。そして熱くて……あ！　指が回りません！」

それが指先に触れた瞬間、羞恥は吹っ飛んで初めてこの手に触れた屹立に夢中になった。

これがいつもアリーヤの中に入ってきては激しく突いてくるのだ。

あれほど力強く貫いてくるのだから、これだけ硬くて太いのも納得だ。

そして、これからこれを手で上下に扱くのだ。

基本的に男性の棒は、穂先と竿に分かれており、それぞれ快楽を得られるが、どちらがより気持ちよくなれるかは個人差らしい。さらに、穂先と竿のつなぎ目の部分もいいと書いてあった。

とりあえず、掴みやすい竿から扱いてみようと指を回した。

手の中でビクンと震えて、頭上から息を呑む音が聞こえてくる。

「また賭けをしてみますか？」

いつかのようにやってみようかと、今度はアリーヤから提案してみた。

「どのような？」

イシュメルはその提案に乗り気なのだろう。さっそく賭けの内容について聞いてきた。

「たとえば、私がイシュメル様をイかせることができたら勝ちとかはどうです？」

「それは、俺の負けがほぼ確定しているようなものだな。お前がこうやって脚の間に座って、俺のものを触っているのを見ているだけで爆（は）ぜてしまいそうだ」

アリーヤがイシュメルの余裕を奪っているのであれば嬉しい限りだが、本当かは分からない。もし、本当ならばなおのこと証明してみなくては。

「どうしますか？　受けます？」

「ああ、いいだろう。俺が負けたら、今夜お前にとことん奉仕するよ」

「それはいつもと変わらないような……」

「さぁ、どうかな？」

ならば、是が非でも勝たなければならないと、アリーヤは気合いを入れた。

ゆっくりと手を上下に動かしていく。

どんどんと膨張していく熱杭は硬さが増していくが、アリーヤのぎこちない動きでは十分に快楽を与えられているか分からなかった。

なのに、どうしてだろう。

アリーヤの身体までもが高揚してきた。

息が浅くなり、屹立の熱さにあてられたかのように身体が火照ってきた。手の中でびくびくとそれが震えるたび、穂先から汁が滲（にじ）むたびに、アリーヤの腰に甘い疼きが生まれた。

それがいつしか背中を這いずりながら登ってくる。

（……どうして私、触られてもいないのにこんなに感じているの？）

訳が分からず戸惑う。

「どうでしょう？　気持ちいいですか？　イシュメル様」

「……あぁ……凄くな。勉強の成果が出ているんじゃないか？」

気持ちいいと言ってもらえて、アリーヤはホッとした。

アリーヤも気持ちよくなっているのは、きっとイシュメルが気持ちよくなっているのを見て呼応してしまったのだろう。

そう結論付けたアリーヤは、次のステップとして、穂先を口に含んでみた。

本によると、ここを攻められるのが好きな人は多いので、重点的に舐めたりしてあげましょうと書いてあった。

先走りや自分で出した唾液で滑りを得ることができたら、手で擦ってあげてもいいかもしれません。竿との境目も刺激してあげましょう。

こうも書いてあったので、舌で穂先をぺろぺろと舐めながら境目の筋張ったところを指の腹でくすぐる。

すると、しょっぱい汁がまた溢れてきて、屹立がビクンと震えた。

気持ちがいいとこんな反応をするらしい。

アリーヤは自分の拙さでもイシュメルを気持ちよくできるのだと嬉しくなる。

もっともっと気持ちよくさせたい。

そう思って手を動かし、舌も動かした。

すると、手が下りてきて、アリーヤの頭を撫でる。

耳の上の生え際から指をさしこみ、後ろへとゆっくりと流す。

耳をくすぐられている感覚が甦ってきて、少し気持ちいい。

うっとりとしていると、少しかすれた声が聞こえてきた。

「……咥えてくれないか」

するりと耳の後ろに指を滑らせ、そのままアリーヤの咽喉に指先で触れてきた。

「ここで俺を受け入れられるか？」

アリーヤはこくりと頷いた。

口を大きく開けて膨張したものを奥に受け入れる。

ところが竿を半分以上残した状態で口の中がいっぱいになり、これ以上は呑み込めなかった。

本にはできればすべて口に入れて唇で扱いてあげましょうと書いてあったのだが、これでは無理だ。

どうしようと上目でイシュメルに助けを求めると、何故か口の中で屹立が大きくなり、驚いて目を丸くする。

「そのままでいい。入りきらない部分は手でやってみてくれ」

なるほどそうすればよかったのだと、アリーヤは言われたとおりにやってみた。

口も手も上下に動かして、懸命に吐精へと促していく。

何度もキスをしているせいか、鼻で息をするのも慣れたものだ。

勢いあまってときおり嘔吐（えず）いてしまいそうになるが、それでもイシュメルに気持ちよくなってもらうために必死になった。

穂先をちゅう……と吸ってみたり、裏筋を舌先でグリグリと擦ってみたりと本で学んだ技術を惜しみなく披露する。

しばらくすると、イシュメルの息遣いが荒くなり、ちらりと彼の顔を見ると眉根を寄せて切羽詰まった顔をしていた。

「……アリーヤ、もう……出そうだ……」

待ちに待った瞬間がやってきて、アリーヤは心の中で歓喜する。

自分でもイシュメルを絶頂に導くことができる。それは、アリーヤに喜びと自信をもたらそうとしていた。

「……っ……本当に出るから……くっ……アリーヤ……離してくれ」

ところがイシュメルが懇願するので、アリーヤは思わず口を離す。

彼は肩を震わせて小さく喘ぐと、自身の手の中で射精してしまった。

眉根を寄せて、何度も吐精するその姿は色っぽく、見ているこちらがドキドキしてしまうほどに艶（なま）めかしい。

首元に滲み出た汗がことさらそれを助長していた。

手の中の白濁の液を布で拭うと、イシュメルはどこかばつが悪そうな顔をする。

「……すまない。罪悪感と喜びがごちゃまぜになって複雑だ」

「罪悪感ですか？」

何を罪に思うことがあるのだろう。

新しくハンカチを取り出したイシュメルは、アリーヤの口を拭ってくれる。アリーヤは拭われながら首を傾げると、彼は答えてくれなかった。

代わりにキスをしてくれた。

「ありがとう、アリーヤ」

「気持ちよくなれましたか？」

「ああ、とてもな」

「それはよかったです！　これからもどんどん気持ちよくして差し上げますね！」

次は胸で挟むを挑戦してみよう。

今回のことで自信をつけたアリーヤは次のことを考えていたが、イシュメルは違っていたようだ。

「じゃあ、今夜は敗者の俺がとことんまでお前に尽くしてやろう。楽しみだな、アリーヤ」

アリーヤが次に挑む前に勝者へのご褒美があるらしく、それに張り切っている。

いつもトロトロに蕩かされて、気持ちよすぎて大変なくらいなのに、あれ以上イシュメルが張り切ったらどうなるのだろう。

怖いような、期待してしまうような。

アリーヤは「楽しみにしておきます」と答えた。


不思議なことにイシュメルといる時間はあっという間だ。

もう少し一緒にいたかったが、タイムリミットはすぐにやってきた。

自分である程度は整えたのだがやはり限界があるらしく、少々乱れたアリーヤの姿を見て侍女たちはいろいろと察してくれたようだ。

軽く汗をリネンで拭いたあとに、簡易なドレスに着替えると、軽く昼食をとる。

そのあとまた晩餐会用のドレスに着替えるために侍女たちが準備に取り掛かっていた。

それを尻目に、アリーヤは晩餐会で話す挨拶の内容を確認しながら練習をする。

トルソーに着せられて目の前にやってきたドレスに、アリーヤはいよいよこれを着るのかと感慨深くなった。

晩餐会には赤のエンパイアドレスを用意した。

これは、侍女たちと仕立屋とたくさん考えた中で、アリーヤに似合っていてかつ大人っぽく見えるものだ。

まさに最高傑作と言っていい。

赤一色ではなく、胸の切り替えの下は合わせ目から白いレースを幾重にも重ねたスカートが覗くものだ。

裾の部分に金糸で刺繍が施されており、切り替え部分のベルト部分には小さな宝石が縫いこまれてあった。

オフショルダーなので、ロンググローブをつける。

いつもならば、首周りはイシュメルの口づけの痕がたくさんあるのだが、最近そういうことから離れていたためについていない。

もともと、このドレスを着ると決まってから、痕をつけるのは禁止だと言ってあったので、どちらにしろついていないのだが。

でも、先ほど見えないところにでもつけてもらえばよかったかもしれない。

いつもあるものがないのは寂しい。

しかも考えてみれば、あれはイシュメルの愛しているというサインであって。

(今夜はたくさんつけてくださるかしら)

そうだといいなと頬を赤らめながら、鏡の中でまた姿を変えていく自分を見つめた。

「お綺麗ですよ、アリーヤ様。女磨きを頑張ったおかげですね」

「本当? そう言ってもらえて嬉しいわ」

閨の勉強にも勤しんでいたが、一方で侍女と一緒に女磨きに精を出していたのだ。

大人っぽくなりたいと願うアリーヤと一緒に、どんな風にすれば大人っぽくなれるのかを考えてくれた。

顔の作りや身長は仕方がないとして、できることといえば所作振る舞いや話し方、あとは身なりだろうか。

内側から滲み出るものも必要だが、見た目も重要だという話になった。

カリテアに子どもっぽいと馬鹿にされた話は侍女の皆が知っているようで、アリーヤに協力的だった。

『カリテア姫を見返してやりましょうね!』と意気込む者もいたくらいだ。

今はどんな色や髪型が流行か、化粧はどうしたらいいかとそれぞれ持ち寄った情報を精査して話し合う。

全身の肌のお手入れも入念にし、食事も気を付けた。

さらには、マナーの先生に再度チェックしてもらい、所作振る舞いも優雅なものになるようにと指導してもらっていた。

短期間ではあるが、自分の変化を感じ取っていたが、それでも不安だったのだ。

イシュメルに認められたい。

焦りばかりが先立ち、自分に自信を持てなかった。マナーの先生に太鼓判を押されても、侍女たちに褒められてもどこか不安げで。

彼の前に立つのも怖かった。

だが、イシュメルの言葉ひとつでそれらが吹き飛んだような気がする。

美しくなっていると言ってくれたのだ。

もちろん、皇妃としての振る舞いはイシュメルの評判にも関わるので大事だが、それでもイシュメルがアリーヤを認めてくれるだけで自信を持って前に進める。

視界が明瞭になって、道が開けた感じがするのだ。

——自信を持とう、自分に。

信じよう、今までの努力を。

イシュメルの妻であり、皇妃であることは自分の誇り、そして誉なのだから。

それを不安で曇らせることはしたくない。

「皆、ありがとう。私、ようやくなりたい自分に近づけたような気がするわ。イシュメル様にも美しいと言ってもらえたし、皆が協力してくれたおかげね」

椅子から立ち上がり、美しく着飾ってもらった自分を見せながら礼を取る。

「アリーヤ様……」

侍女たちはそれを聞いて嬉しそうに微笑んでいた。中には涙ぐんでくれている者もいて、自分はどれほど人に恵まれているのだろうと女神に感謝する。

「見ていて。私、立派に皇妃としての姿をお客様に見せてくるわ。皆が手を貸してよかったと思ってもらえるような姿を見せるから。必ず」

これは恩返しだ。

アリーヤが立派になった姿を見せることで、侍女たちに報いる。

そして、アリーヤを信じてくれているイシュメルに応えるために、アリーヤは背筋を伸ばした。

各国の代表、そして帝国の貴族たちがずらりと並んで座る中、イシュメルの挨拶から晩餐会は始まった。

彼に引き続き、皇妃であるアリーヤも挨拶の言葉を述べたのだが、思っていた以上に上手く話せた。

たおやかな笑顔を浮かべ、言葉遣いから目配せまで優雅さに欠けないようにと努める。

ここぞというときに練習の成果を出せて嬉しくなる。

ただ、属国十か国の筆頭であるチェキシアの代表者ということでカリテアが近くに座っていたのだが、まるで射殺すような視線を向けてきていた。

不躾（ぶしつけ）な視線を一身に受けながら話すのはなかなか気まずいものがあったが。

それでも盛大な拍手で称えられたアリーヤは、自分が誇らしかった。

乾杯のあとに歓談を交えた食事が始まる。

歓迎会のときのような失態を犯せないのでワインは舌先を濡らす程度で終わらせ、あとはあらかじめ用意されていた葡萄ジュースで乾いた咽喉を潤した。

ふとメイジーと目が合い、こっそりと笑顔を送る。

あちらも同じく笑顔を返してくれたのだが、それから気が付くといつも目が合うのだ。

メイジーも周りの人と話している様子はあるのだが、隙あればアリーヤを見ている気がする。

(私が粗相をしないように見張っているのかしら)

もうそんなことはない、アリーヤは成長したのだとあとで言っておこう。

彼女にとってアリーヤはいまだに少女の頃のままのようだ。

いつまで経っても可愛いらしく、いつまで経っても心配で世話を焼いてしまう。

再会してふたりきりになれば、すぐさま初夜は大丈夫だったか、痛くされなかったかと心配そうに聞いてきてくれた。

詳細を話すのは恥ずかしかったので「全然痛くされなかったわ」と話すと、安心していた。

アリーヤがあんな相談をしたのでなおのこと心配だったのだろう。

それから、イシュメルとの関係についていろいろと聞かれた。

そのときは彼と微妙に距離があった時期で、ふたりでいることも少なく、顔を突き合わせれば気まずい雰囲気が漂っていた。

心配をかけまいと仲がいいことをアピールしたのだが、もしかするといまだに疑っているのかもしれない。

そのうち食事が終わると、皆で隣にあるホールに移動してダンスをし始める。

一番手はイシュメルとアリーヤのふたりだ。

皆が囲む中、ふたりで息が合ったダンスを披露してみせた。

「どうです？ 私、ダンスは昔から得意なんです。ここにきて、練習を重ねたおかげでさらに上手くなりました」

「そうだな。俺だけではなく、周りの人間もお前のステップに惚れ惚れしている」

見てみろ、周りを。

イシュメルにそう言われて見回すと、彼の言う通り皆楽しそうにアリーヤたちのダンスを見ていた。

「何に対しても努力を怠らないお前の姿勢を見ていると、俺も刺激されるよ」

「それは、イシュメル様が私に貴方にふさわしくありたいと思わせてくれるからです」

刺激し合っているのはお互い様だ。

そこに愛が絡めばなおのこと。

「お前とベッドに行くのが待ち遠しい」

耳元に唇を寄せ、イシュメルは囁く。

しかも、腰に添えた手をゆっくりと撫でつけて。

ここに今度こそ自分のものを収めたいと主張するように。

「体力は温存しておけよ？　きっと激しくなるからな」

「……わ、分かりました」

音楽が響いているので彼の声はアリーヤにしか聞こえていない。

それは分かっているのだが、こんなところで艶めいた声を出されると、いけないことをしている気分になってしまった。

ダンスが終わって離れてしまうのは名残惜しかった。

イシュメルが遺した淫靡な残り香は、アリーヤの中にくすぶり続け、晩餐会が終わったあとのことに期待が膨らんでいった。

そのあとは、イシュメルの周りには属国の代表と貴族たちが集まってきた。

ここぞとばかりにここでいい縁をつくるためだ。

アスカムでもよく見られた光景は場所を変えても同じなのだと、アリーヤはイシュメルをこころよく輪の中に送り出した。

アリーヤといえば、各国の代表としてきた姫君や貴族のご婦人方がやってくる。

皆、アリーヤに好意的な姿を見せてくれて、先ほどの挨拶もよかったと褒めてくれた。

社交辞令だとは分かっているが、それでも最初から敵意剥き出しでかかってくる人を、何日か前に相手にしたアリーヤにとってはありがたい話だ。

表面上でも取り繕ってもらえる相手と認めてもらっているのだから。

話題はやはりイシュメルとのことだ。

彼がずっと伴侶選びを先送りにしていたので、どんな人が選ばれたのかと興味津々だった。

アスカムという北方の交流の薄い国から来た姫だと聞いて驚いたが、それでよかったと皆口々に話をしていた。

「チェキシアのカリテア姫が皇妃になったらどうしようと思っていたので安心しました」

笑ってそう言うのだ。

どうやら彼女の横柄な態度はどこでも発揮されるらしく、同じ属国の姫には自国が筆頭国であるのをいいことに、見下してくるのだとか。

帝国の貴族令嬢や婦人方に対しても、自分が一国の姫であることを主張し、嫌味はもちろんこと、イシュメルに近づいてくる女性たちを威嚇していたと話す。

「絶対に自分が選ばれると豪語していたのに、さぞかし悔しかったでしょうねぇ」

「もし、カリテア姫を選んでいたら、陛下のご趣味を疑うところでしたわ」

散々な言われように、さすがのアリーヤも苦笑いをするしかなかった。

ここまで嫌われる人も珍しい。

それほどまでに、自分の立場に驕り、他人を蔑ろ(ないがし)にしてきていたということなのだろう。

食事が終わったあと、カリテアの姿は見えない。

居心地が悪くて部屋に戻ってしまったのかもしれない。

「アリーヤ」

カリテアの悪口大会が始まりそうな中、群衆を掻き分けてメイジーがやってきた。

「お姉様」

パッと顔を明るくして彼女に近づく。

すると、メイジーは神妙な顔で言ってきた。

「話があるの。抜けられないかしら」

こんなところで言ってくるなんて、そんなに緊急の話なのだろうか。

メイジーの真剣な顔がさらにアリーヤの不安を煽る。

「分かったわ。行きましょう」

頷いて、ふたりで会場をこっそりと抜け出した。

隣の晩餐会が行われていた会場に移動すると、人は誰もいなかった。

食器は踊っていた間にすでに片付けられていたらしく、テーブルの上は綺麗になっている。

ここで話をしようと思ったが、その先にあるバルコニーがいいと言うので、アリーヤはその通りに着いていく。

「デイミアン?」

するを、何故かそこにデイミアンが待っていたのだ。

「お姉様、デイミアンがどうしてここに？」

「俺もメイジー様と一緒に話があるからだ」

彼もまた真剣な顔をしている。

いったいどうしたというのだ。

どうしてそんな顔でアリーヤを見るのか。

嫌な予感に胸が騒ぎ、思わず息を呑む。

「アリーヤ、私たちと一緒にアスカム国に帰りましょう」

「え⁉」

思わず声を上げた。

どうしてそんなことを言うのか。

心配性なメイジーにしてもあまりにも大袈裟な言葉に、アリーヤは言葉を失ってしまった。

「正直に答えてほしいの。……イシュメル陛下と上手くいっていないのでしょう？」

「そうだ、お前、陛下に酷い扱いを受けているんだろう？」

「え？　ええ？」

これは何かの冗談なのだろうか。

いや、冗談にしてはふたりの顔が厳しい。

それにメイジーはこの手の冗談を言う人間ではない。

ということは、本気でアリーヤにアスカムに帰ろうと言っているのだ。

それに、デイミアンの言葉。

「……待って、何の話……？　イシュメル様が酷い扱いをしているって……」

どこからそんなデマを聞いたのか。

根も葉もない作り話に目を白黒させるばかりだ。

「イシュメル陛下は表ではいい顔をしているけれど、本当は冷徹無比で、非道な命令も何の躊躇いもなく下すと聞いたわ。私たち、帝国のことなんて噂話でしか聞いたことがなかったから、陛下の裏の顔を知らなくて驚いているの」

「お前だって、北方から来た蛮族の女と蔑まれているんだろう？　冷たい態度を取り、酷い言葉を浴びせかけているのを見たと聞いた。だから、俺たち、お前が心配で」

並びたてられる言葉に気が遠くなりそうだった。

「……待って、ちょっと待って。……あのね、全部でたらめよ？　イシュメル様はそんな人ではないわ」

落ち着こう。

アリーヤもそうだが、目の前のふたりもそうだ。

どう考えても勘違いをしている。

「でたらめ？　本当か？　お前、あの人を庇っているんじゃないのか？」

「アリーヤは優しい子だから、夫となった人を庇うのは当然よ。いいのよ？　本当のことを言って」

「言っているわ。本当にイシュメル様はそんな人ではないの。優しくて聡明で、尊敬できる人よ。ふたりが言うような非道な人ではないわ」

誤解を解かなければ。

そうでなければ、アリーヤが大好きな人たちが愛する人を嫌ってしまう。

焦るアリーヤに向かってデイミアンが一歩進み出る。

そして、両肩をガッと掴むと必死な形相を見せて言い募ってきた。

「お前がここでアスカムに連れて帰ってくれと言ってくれたら、俺は全力でお前を守る。陛下からも帝国からも。俺のすべてを賭して守るから」

「でも、本当に私！」

「俺は！　ずっとお前が好きだった！」

「えぇ⁉」

また衝撃の言葉が出てきた。

もう何が何だから分からず、アリーヤは混乱する。

（……デイミアンが、私を好き？　冗談でしょう？　それとも、私をアスカムに帰すために思いついた口実？　そんな、今まで幼馴染みだったのに？）

　そんな素振りすら見せていなかったのに、ただの妹のようにしか見られていないと思っていたのに、今さらそんなことを言ってくるなんて。

「お前が帝国に嫁ぐことが決まって諦めようとしていたんだ！　けど、お前が……大好きなお前が、ここでそんな扱いを受けているのなら……」

「……あ、あああああの、その……」

「俺とアスカムに戻って結婚しよう！　メイジー様も協力してくれると言っている！」

「ちょっと待ってよぉ……」

　混乱しすぎて泣いてしまいそうだ。

　そんなことを言われても、アリーヤにはアスカムに戻るつもりもないし、ましてやデイミアンと結婚するつもりもない。

　仲がいいといっても、彼に対して抱いているのは兄と同じような感情。

　決して友情から逸脱しないものだ。

「陛下に言えないのであれば、俺とメイジー様が言う。お前は俺たちに任せていればいい」

「そうよ。私たちが絶対に守ってあげるから。……だから、ね？　我慢しなくていいのよ？

愛する貴女を私たちに守らせてちょうだい」

　メイジーも後ろから抱き締めてくる。

声が涙交じりになっているので、どうやらアリーヤを不憫に思い泣いてしまっているようだ。

（……どうしたらいいの）

過保護なメイジーに、熱血漢のデイミアン。

アリーヤを大事に思うが故に暴走してしまっている。

しかも盛大な愛の告白付き。

助けを誰かに求めたいが、いったい誰に求めていいものやら。

（とにかく、ここにイシュメル様がいなくてよかった。耳に入る前に、何とか誤解を解いて……）

「――ほぅ……面白い話をしているな」

安堵したのも束の間、ここにいてはいけない人の声が聞こえてきた。

その瞬間、メイジーとデイミアンがアリーヤを守るように抱き締める。

イシュメルの顔が不愉快そうに顰められたのが分かった。

「皇帝陛下！　いつの間に！」

「アリーヤの姿が見えないので探しに来たら、何やら声が聞こえてきたのでな。近づいてみたのだが、どうやら俺には聞かれたくない話をしていたようだ」

どこまで聞かれていたのだろう。

いや、どこから聞かれていたのか。

アリーヤはますます混沌(こんとん)した状況に、ただ茫然(ぼうぜん)とするしかない。

「聞かれてしまっていたのであれば仕方がありません。……陛下、無礼を承知で申し上げます」

メイジーはきりっと鋭い目をイシュメルに向ける。

「アリーヤを冷遇しているというお話は本当でしょうか？　北方の蛮族の嫁と言って虐げているというのは真実ですの？　そうでしたら、私たち、アリーヤをこのままアスカムに連れて帰ります！　可愛い妹をそんな過酷な環境に置いておけません！」

イシュメルはメイジーの言葉に一瞬虚を突かれた顔をしたが、徐々に不可解なものを見るような顔になっていく。

その変化を見ながら、アリーヤは心の中で悲鳴を上げた。

「イ、イシュメル様！　申し訳ございません！　姉はどうやら勘違いをしているようなのです！」

「どうやらそのようだ」

「あの、本当に悪気はないとは思いますし、私を思ってのことなのでしょうけれど、なにぶん思い込みが激しく、耳を貸していただけなくて」

「なるほどな」

アリーヤの拙い説明で、イシュメルは何となく察してくれたようだ。

メイジーの失礼な言葉に激高するわけでもなく、冷静に状況を見極めようとしているところはさすがイシュメルと言っていいだろう。

「アリーヤ、もしも陛下を庇っているのであればやめなさい。私たちが守るから」

「そうだぞ。相手がたとえ皇帝陛下であったとしても、俺はお前が幸せになれるのであればこの命を懸けるつもりだからな」

「……と言った感じで、一事が万事このような状態でして。私の話には耳を貸さないので、どうかイシュメル様、このふたりを説得するのにお力添えをお願いいたします……」

我が姉と幼馴染みながらこの暴走は恥ずかしい。

アリーヤは申し訳なさそうにイシュメルに言うと、彼は目をスゥっと細めてメイジーとディミアンを見た。

「アリーヤ、俺をどう思う」

「え?」

「俺のことをどう思っている」

唐突に問われて目を丸くしたが、イシュメルは真面目に聞いているようだ。

ならば、アリーヤも真摯に答えなければ。

「皇帝として、そして夫としてとても尊敬しております。帝国に来たばかりの私が過ごしやすいように取り計らってくれましたし、寂しくないようにお忙しいのに会いに来てくれました。

何より家族になりたいとおっしゃってくださったときは嬉しかったです。それにいつも無理はしなくてもいい、アリーヤのままでいいと言ってくださる貴方を……私は心から愛しております」

言葉は深く考えるまでもなくスルスルと出てきた。

いや、これだけでは語り足りない。

イシュメルを語るには、もっともっと時間が必要だ。

ところがそれ以上は大丈夫だと手で制されてしまう。

残念な気持ちで口を閉ざした。

「今のアリーヤの言葉を聞いても、まだ俺がアリーヤを虐げていると？」

メイジーとデイミアンは顔を見合わせた。

「さらに俺からも付け加えるとすれば、アリーヤの真っ直ぐなところ正直なところ、何に対しても懸命なところ、どれをとっても好ましい。いつも俺はそれに感化される。それに、この女性とならば本当の家族になれると思った。家族を知らない俺に、家族の愛というものがどういうものかを教えてくれると。そんなアリーヤを心から愛している」

どうしよう。

メイジーとデイミアンを説得するために言っているのに、嬉しさに胸がいっぱいになる。

ふたりが抱き着いていなければ、今すぐにでも駆け出してイシュメルを抱き締めていた。

アリーヤとイシュメルの言葉を聞いて、だんだんと自分たちの勘違いに気付き始めたのだろう。

ふたりの顔色が徐々に変わっていった。

「……あの、メイジー様。本当に俺たち、勘違いしていたのかもしれませんね」

「私もそう思い始めたところよ……」

巻きついていた腕が緩み、アリーヤはようやく解放される。

急いでイシュメルのもとに駆け寄り、彼の後ろに隠れるようにくっついた。

「とにかくふたりとも！　私はアスカムには帰りませんから！　ここでイシュメル様と一緒にいたいです！　離れたくありません！」

最後の一押しとばかりにアリーヤは叫ぶ。

もうこれで分かってくれと願いながら。

「アリーヤ」

すると、イシュメルはアリーヤの手を引き、自分の後ろから引っ張り出す。

そして顎に手を添え、キスをしてきた。

ねっとりと舌を絡ませて、口内を舐り、まるで閨でするようなキスを。

「……ふぅ……ンん……ぁ」

ふたりの前だというのに、こんなキスをするなんて。

そう思いながらも、慣らされた身体はすぐに反応して蕩けてしまう。

キスに酔いしれて、アリーヤはうっとりとした。

名残惜しそうに離れていく唇をつい追ってしまいそうになったが、ハッと我に返り姉たちの顔を見る。

すると、ふたりは顔を真っ赤にしていた。

「これを見ても、俺たちが不仲だと？　俺がアリーヤを大切にしていないと思うか？」

ほら、アリーヤも俺を嫌っているなら、キスをされてもこんな顔にならないだろう？　とイシュメルが言ってくるので、自分が相当蕩けた顔をしていたと知る。

「……どうやら、私たちの勘違いだったようです。本当に申し訳ございません」

メイジーは今度こそ完全に理解ができたようで、最上級の礼を取りながら謝罪をする。

「本当に申し訳ございません」

デイミアンもそれに続いて跪き、イシュメルに頭を下げた。

「このたびのことで私のことをいかように処罰してくださっても構いません。ただ、メイジー様は妹のアリーヤ様の身が危ないと聞き、その身を案じてあのようなことを言っただけのこと。罰はすべて私が受けますので、メイジー様だけはどうかご容赦を」

彼は幼馴染みではあるが、忠実な兵士でもあるのだ。

自分たちの非を認め、かつメイジーの立場を守ろうとしている。

ちょっとした行き違いがこんな事態を招いただけだ。

まさか、これで処罰するなんてないだろうとイシュメルを窺う。

すると、彼は重い溜息を吐いた。

「処罰するつもりはない。メイジー姫にもお前にもな。……それにどうやら、裏に一枚噛んでいる人物がいそうだ」

最後の方は苦虫を噛み潰したような顔になっていたが、とりあえずふたりに処罰がくだることはなさそうで、ホッと胸を撫で下ろす。

「ありがとうございます、イシュメル様」

アリーヤがお礼を言うと、イシュメルは頭を撫でてきた。

「お前の家族だからな。何も悪意を持ってやったことではなさそうだ。お前のことが大好きで心配で、その思いが先走ったことならば、話し合いでいくらでも解決できる」

「はい！　大好きな家族です！」

「……まぁ、若干一名、違う意味で大好きな人間がいるようだが」

そう言って、ギロリとデイミアンを睨みつける。

どうやらあの突然の愛の告白を聞かれていたようで、アリーヤも気まずかった。

「……皇帝陛下、私、本当に申し訳なく……」

「いや、この話はまた改めて明日しよう。そろそろお開きにするので、アリーヤとふたりで挨拶をしなければならない」

　そのためにアリーヤを探しに来てくれたのだという。

「それでは、また明日お時間をとっていただいてもよろしいでしょうか」

「ああ、必ず時間を取ろう。ひとり嫁に出したアリーヤを家族が心配するのも当然なのに、安心させるようなことを言ってなかった俺にも非がある。じっくりと話し合おう」

　そうメイジーに約束したイシュメルは、アリーヤを連れて会場に戻る。

「いろいろとありがとうございます、イシュメル様」

　ふたりきりになり、改めてお礼を言う。

　もし、イシュメルが来てくれなかったら、いまだに説得するのに時間がかかっていただろう。

　すると、彼はにこりと微笑む。

「お前には今夜たっぷりと話を聞こう。——特にあのお前のことをずっと好きだったやら、アスカムに帰って結婚しようやら、俺が守るやらと喚いていた、お前が幼馴染みと言い張った男についてだ」

「……それは、あの」

「言い訳は寝室までに取っておけ」

　笑っているのに笑っていない。

目が笑っていないのだ。

これは相当怒っているに違いない。

アリーヤはイシュメルと並んで晩餐会の終わりの挨拶をしたが、このあとのことが気になって何を言ったか覚えていなかった。


「……はぁ……あっ……あぁ……イシュメル、さま……あぁンっ」

「ほら、しっかり立っていろ。じゃないと俺の奉仕がちゃんと受けられないぞ」

そうは言っても、アリーヤの膝はガクガクと震えているし、イシュメルの指が動くたびに、彼の唇がうなじに吸い付くたびに身体が反応してまともに立っていられない。

胸の部分をはだけられ、右手で乳首をコリコリとこねられている。

左手はスカートをめくりあげ、下着の中で秘所をいじくっていた。

肉芽を指の腹で擦られているために、乳首からの快楽も相まって頭がおかしくなりそう。

しかも、今夜はうなじにご執心らしく、そこも口で虐めてくる。

壁に縋ったまま三か所同時に後ろから攻められて、アリーヤは寝室の中で啼いていた。

晩餐会を終えたあと、イシュメルはさっそくアリーヤを寝室に連れてきた。

そして、中に入るや否やアリーヤを扉に押し付け、逃げられないように両腕を顔の横に突いては問い詰めてきたのだ。

「俺はあの男のことを聞いたとき、お前はただの幼馴染みと言っていたがあちらはそうではなかったようだ。——お前は知っていたのか？」

「知りません！　まったく本当に知らなかったのです！」

もちろん否定した。

今の今まで知らなかったのは本当のことだ。

むしろ、青天の霹靂と言ってもいいだろう。

すると、イシュメルは「はぁ～」と大きなため息を吐くと、目に手を当ててうなだれる。

「……みっともなく嫉妬してお前に酷いことをしたくないのに、自制が利かなくなりそうだ。ようやくお前と気持ちが通じ合ったと思ったのに、間男の登場とはな」

「間男なんてとんでもない！　デイミアンは私たちの間にも入れませんよ！」

「そうだとしても、お前は俺のものだという想いが止まらない。……こんなことなら、昼間に俺のものだという印をつけておくべきだったな。そうしていたら、余計な虫が湧くことも、お前の姉に余計な心配をかけることはなかった」

たしかに晩餐会前にアリーヤもイシュメルの印がないことに寂しさを覚えたが、彼がそんなことを考えていたなんて。

ドキドキする。

独占欲と嫉妬を剥き出しにして、でもそれを必死に抑えつけようとしているイシュメルを目の前にして、アリーヤは葛藤していた。

それらすべてをぶつけてほしいという欲と、そんなに苦しまないでほしいという想いと。

どちらもせめぎ合って苦しいくらいだ。

「……なら、今からたくさんつけてください」

イシュメルのジャケットの下衿の部分を指で軽く掴み、上目で見つめる。

我慢しなくていい。思うがままにアリーヤの欲をぶつけてほしい。

「昼間の賭けは私の勝ちでしたから、イシュメル様は私にたくさん奉仕してくださる……そうでしょう？　だから、私にたくさん……あっ」

焦れてしまったのか、アリーヤがすべてを言い切る前にイシュメルは腕を引っ張り、アリーヤの身体をひっくり返した。

「……お前はっ！　そうやって俺の理性をすべて奪おうとするっ」

熱い吐息が耳に吹きかかる。

その熱さにソワリと背中を震わせると、彼は背中にあるドレスの紐を解いてきた。

気持ちが急くのか、指を動かしている間にうなじに噛みついてくる。

「あっ！」

歯が肌に食い込む感覚が気持ちいい。

痛みの中にピリッとした快楽が混ざり、アリーヤの身体を高揚させていく。

紐がある程度緩むと、ドレスの胸の部分をはだけさせ、剥き出しになった胸を揉み始めた。

大きな手がいつもより乱暴に、でもしっかりと快楽のツボを捉えて触ってくる。

乳首をキュッと摘まれ、それと同時にうなじを吸われて。それだけでも十分感じているのに、さらにもう片方の手で秘所に指を差し入れてきた。

アリーヤの弱いところを一気に攻められて、すぐにせり上がってくる快楽の波に苛まれる。

滲み出た蜜のぬめりをかりて肉芽をくちゅくちゅと擦る指も、硬さを増した乳首を摘まむ指も、歯を立てては労わるように痕を舐る舌も容赦はなかった。

「……あっ……ダメ……ひぁっ……わたし、もう……イってしまいそう、です……」

いつもより早い絶頂の兆しに、アリーヤは戸惑いの声を上げる。

昼間中途半端だったために身体が期待してしまっていたのか、それとも獣じみた欲をイシュメルにぶつけられて悦んでしまっているのか、はたまた両方か。

どちらにせよ、立っていられないほどに脚が震えて、限界を訴えていた。

「純粋無垢な顔をして皆の前で笑っているお前が、俺の指ひとつでここまで乱れてしまう、こんなに発情した女の顔を見せると思うと、たまらなくなる」

「あうっ」

ピンと指先で肉芽を弾かれ、あられもない声を上げる。

イシュメルは、その声を食らうかのようにアリーヤの顎を手で引き寄せ、後ろを向かせては
キスをしてきた。

「もっともっと淫らに変えて、——俺だけを求めるように躾(しつ)けてしまいたい」

アスカムの家族のことなんか頭からなくなってしまうほど前後不覚にして、イシュメルだけ
しか考えられないように。

イシュメルだけがいればそれでいい。

他はどうでもいいと言ってしまうくらいに、アリーヤのすべてを奪ってしまいたい。

「俺の薄汚くて重苦しい欲だ。お前がそうできないことは、重々承知している」

「……イシュメ……あっあっ……ンんっ……あぁー!」

イシュメルの秘めた独占欲を耳に吹き込まれながら、アリーヤは達してしまった。

蜜が秘所から吹き出し、彼の手を穢す。

絶頂に腰が砕け立っていられなくなると、イシュメルは腰を抱き寄せて腕の中に閉じ込める。

「でも、ここでだけは、俺と閨でふたりきりのときは、俺のことだけを愛し、俺のことだけを
見ていてくれ、アリーヤ」

くすりと微笑む彼は、またアリーヤの身体を扉に押し付けて、自分はその場に跪いた。

何をするのかと息を荒らげながら見ていると、彼はアリーヤの片脚を持ち上げて、自分の肩
に乗せてしまう。

そして、大きく開いた脚の間に顔を埋め、先ほど指で可愛がった蜜壺を今度は舌で愛でてきた。

「……ひぃンっ……んんぅ……イった、ばかり、なのに……あぁっ」

「あぁ、そうだな。イったばかりだから、ここがぐしょぐしょになって大変だ。俺が舐め取ってやる。――お前のすべてを俺が食らいつくしてやろう」

これも奉仕だよ、と言うイシュメルは、秘裂を指で広げ、舌先を蜜口にねじ込んでくる。

じゅるじゅると音を立てながら啜り、もっと出せとばかりに肉芽を指で刺激してきた。

散々弄られて熟れてしまっているそこは、少しの刺激でもアリーヤに快楽を与えて、蜜を滲み出させる。

舐め取っても、イシュメルがそうやって弄るたびに蜜が零れてしまうのだからきりがない。

すでに太腿まで蜜が伝ってしまっている。

それすらもったいないと、彼は太腿を舐め、そして強く吸い付いては痕を残していくのだ。

「……あぁ……ンぁ……ヤダぁ……すぐにまた、イっちゃ……ひぁっ……我慢、できな……」

「我慢など無用だ。ほら、イってしまえ」

そんなものなど必要ない。

身体にそれを教え込むように、指の腹で膣壁をぐりっと抉ってきた。

またあっけなく達してしまったアリーヤは、指をきゅうきゅうと締め付けながら痙攣する。

「……あぁ……あ……ぁ……っ」

締め付ける膣壁に当たる指の感触すらも気持ちいい。

アリーヤは立て続けにやってきた絶頂の余韻に浸り、陶然としていた。

イシュメルは舌で自分の口端を舐めながら、そんなアリーヤの姿を恍惚として見つめる。

「いつもの明るく活発なお前も好きだが、こうやって快楽に蕩けて俺の前に力なくうなだれるお前も好きだよ」

そのだらしなく開いて誘惑するようにちらちらと見せる赤い舌もまた吸いたくなるし、潤んだ目はもっと強請られている気分になる。

紅潮した肌は色気を思わせ、荒く吐き出される息は、もっと可愛がったらどれほど啼いてくれるのだろうかと嗜虐心を煽る。

イシュメルは、アリーヤの身体を指さしながら教えてくれた。

「どんなアリーヤもこの上なく愛おしい。ずっとここに閉じ込めておきたいほどに」

「……私だって……こんな独占欲剥き出しのイシュメル様も……ちょっと強引なところも、余裕をなくしてしまっているお姿も、大好きですよ……」

この上なく愛おしいのだと、アリーヤは伝えた。

「いつになく饒舌に愛を伝えてくれるのも、凄く嬉しい」

「愛し合っていると分かったら、もう溢れる気持ちを制御できなくなったようだ。どうやら箍を失ったらしい」

「私が奪ったのです?」

「ああ、そうだ。お前が俺のすべてを奪った。俺がお前のすべてを奪ったように」

止められない、愛が。

止められない、互いを求める衝動が。

「蜜月の頃に戻りたいです。あのとき、いつでも一緒で、ふたりだけの世界でした」

「そうだな。俺も戻りたい」

イシュメルはアリーヤの身体を抱き上げ、ベッドに運ぶ。

そして自分の膝の上に乗せると、顔じゅうにキスをしてきた。

「またああいう時間をつくろう。ふたりだけの誰にも仕事にも邪魔されない時間を。絶対につくると約束する」

「もし、嘘だったら私が部屋に閉じ込めてしまいますよ?」

「ハハッ。それもいいな、そうしてくれ」

彼は笑ってそう言ってるけれど、きっと有言実行の人だ、本当にふたりきりでいられる時間を取ってくれるのだろう。

今から楽しみだ。

蜜月のときも楽しみで、毎日ふたりで何をしようかと考えていた。

そのワクワク感がまた味わえると思ったら、今から胸が弾んだ。

「アリーヤ、今宵は勝者のお前に主導権を譲ろう」

「え?」

自分のジャケットを脱ぎ、そのあとアリーヤのドレスを脱がせたイシュメルは、突然そんなことを提案してきた。

初夜からずっと願ってきた主導権を、今夜は渡してくれるというのだ。

「どうしたのですか? 今夜はイシュメル様が私に奉仕をするというお話だったのでしょう?」

「どうした? もしかしてもう主導権はいらないのか?」

「い、いります! 握ってみたいです!」

もちろん、握れるのであれば握ってみたい。

コクコクと頷いてお願いをする。

「お前が俺を気持ちよくさせたいと勉強してくれた気持ちが嬉しかったからな。お礼、というには少しおかしいが。それに勝者はどんなことを望んでもいいものだ」

嬉しくてイシュメルにぎゅっと抱き着く。

さっそく実践しようと準備をし始めた。

イシュメルの下半身を寛げて屹立を取り出す。

天に向かってそそり立つそれを見たとき、昼間散々触ったことを思い出した。

この手で、この口で実際に硬さや熱さを知ってしまった今、これが自分の中に入れたときの想像は容易だった。

おそらく上手くできるだろう。

いや、上手くやってみせると意気込み、アリーヤは膝立ちになってイシュメルを跨ぐ。

あぐらをかく彼と向かい合うようにして体勢を取り、屹立を握ると、蜜口に当てた。

熱い穂先がぬかるみに沈み、圧迫感がアリーヤを襲う。

いつもの感覚に眉根を寄せると、イシュメルは背中を撫でてきた。

「大丈夫か？」

「……は、い」

大丈夫、このまま腰を沈めるだけだ。

そして腰を上下に動いて、この熱杭を扱く、それだけのこと。

頭では分かっているが、その先に進むのを躊躇ってしまう。

このままこれを胎の奥に迎え入れたらどうなってしまうのか。

イシュメル主導で挿入しているときとは違うような気がしてならない。

（怯んではダメよ、アリーヤ）

ここで怖じ気づいては意味がないと自分を鼓舞する。

けれどもやはりどこか怖さが拭いきれなくて、ちらりとイシュメルを見つめた。

「手を、握ってくださいますか?」

「もちろん」

両手を取り、指を絡ませながらぎゅっと握り締めると、アリーヤの心の中に安堵が広がる。

そして、深く呼吸をしたあとに腰を沈めた。

「……ふぅ……う……うぅン……ンぁ……ぁ」

太くて長いものが、アリーヤの膣壁を擦りながら子宮の奥を目指して侵入してくる。

ゾクゾクとしたものが下腹部から背中にせり上がり、頭が甘く痺れてきた。

このまま根元まで呑み込んでしまったらどうなってしまうのか。

分からないまま腰を進め、どうにかこうにかすべてを胎の中に収めようとした。

ようやく最後まで呑み込み、お尻がイシュメルの腰に着く。

だが、そこまでだった。

アリーヤにできたのは。

少しでも動いてしまったらまた達してしまいそうになっていたのだ。膣壁が蠢いて、屹立を締め上げているのが分かる。

子宮を押し上げるように挿入ってきたそれに、散々慣らされてきたアリーヤの身体はすぐにでも白旗を上げようとしていた。

もうこうやってジッとしているだけでも限界が近い。

けれども、少しでも動けば快楽が弾けてしまう。それが分かっているから下手に動くこともできずに、どうにかこうにか身体の高ぶりを逃がそうとしていた。

「どうした？」

動いてくれないのか？　とイシュメルが問いかけてくる。

アリーヤだって動きたい。

動いて、イシュメルを気持ちよくさせてあげたいのだ。

だから、頑張って膝に力を入れて動かそうとした。

「……あぁっ……ん……んっ……あぅ……あぁっ！」

ところがやはり少し動かしただけで絶頂してしまい、アリーヤは背中を丸めてあられもない声を出す。

もう身体が熱くて、頭が痺れて。

まだ動かなければならないのに、アリーヤだけが気持ちよくなってはいけないのに、力が入らなくなってしまった。

媚肉がジンジンと熟れ、肉壁が次なる刺激を求めて今か今かと待ちわびている。

どうしたらいいのか分からず、アリーヤはぽろぽろと泣き出した。

「……どうしましょう……気持ちよすぎて、もう自分で動けません」

何て情けないことだろう。

あれほど勉強したのに、あれほどイシュメルに主導権を取ると言っていたのに、いざ挿入したら自分ばかりが気持ちよくなって動けなくなってしまうなんて。

気持ちよすぎて訳が分からなくなってしまって、情けなくて、涙を零す。

「イシュメル様……申し訳ございません……」

アリーヤの涙を唇で吸いながらイシュメルは愛おしそうに微笑む。

「気持ちよくて動けないのなら仕方がない。俺がそうなるようにしてしまったんだからな」

てっきり呆れられると思いきや、何故か彼は嬉しそうだった。

「俺にどうしてほしい？　アリーヤ」

そして、救いの手を差し伸べてくれるのだ。

「……イシュメル様に、動いてほしいです。……私、もう、貴方に滅茶苦茶（めちゃくちゃ）にされたくて、堪りません……っ」

アリーヤはそれに甘える。

甘えて、素直に今自分がしてほしいことを口にした。

「あぁ、今すぐにでも、滅茶苦茶にしてやる」

待っていましたとばかりに舌なめずりをすると、イシュメルはアリーヤの尻を鷲掴みにして上下に動かしてきた。

彼の首に抱き着いたアリーヤは、啼きながら突き上げられる快楽を享受し続けた。

「……はぁ……あっあっあぁっ……これ以上は……おかしくなっちゃう……」

目の前が明滅する。

望みどおりに滅茶苦茶にされて、逞しい雄に貫かれて。

悦びに声を上げてはまた果ててしまう。

「おかしくなれ、アリーヤ。……俺の腕の中でおかしくなればいい」

汗で張り付いた前髪を掻き上げたイシュメルは、もっと激しく攻め込むためにアリーヤをベッドに押し倒す。

今度はイシュメルが上になり、がつがつと容赦なく攻め込んできた。

両脚を肩に乗せて深く繋がると、舌を絡ませ合う。

「……愛している、アリーヤ」

「……ンっ……ぅふっうン……わた、しも……ンぁ……愛して、います……」

好き。

大好き。

愛している。

アリーヤの中でそれらが暴れて、イシュメルに伝えたい伝えたいと心が叫んでいる。

けれども、どんな言葉をもってしてでも伝えきれないと。

大好きな人はたくさんいる。
アスカムの家族たちにデイミアン。仲良くしてくれたお友達。
帝国には仕えてくれる侍女たち。
でも、イシュメルに関してだけは、彼らとは違う感情を持っている。
家族愛でもあるし、夫婦愛でもあるし、男性に対する愛。
いろんな愛が複雑に絡み合って、イシュメルはアリーヤの唯一無二の人となった。
政略結婚から始まった、ふたりの愛。
奇跡と軌跡。
「……アリーヤ、一緒に」
「はい、一緒に……イシュメル様……」
これからも続いていくふたりの未来。
——ずっとずっといつまでも。

「……あらまぁ、イシュメル様」
部屋から顔を出したのは、カリテアだった。

突如としてやってきたイシュメルに少々顔を引き攣らせながら、笑顔で挨拶をする。

「どうなされたのです？　部屋にまでやってきて」

「晩餐会の出席者に挨拶をして回っている」

「そうですか。わざわざありがとうございます」

いつものような覇気がない様子が少し引っかかるが、このくらい大人しいのがちょうどいいのだろう。

カリテア相手に、会話に波が立つことなくいられるのはありがたいことだ。

「……あの、それで先日のことですが」

彼女が何かを言おうとしたとき、イシュメルはスッと後ろを見る。

「どうだ？」

誰かに声をかけているようで、自分のところからは会話の相手が見えないカリテアは首を傾げていた。

すると、後ろからひょいっとデイミアンが顔を出す。

続いてメイジー、そしてアリーヤも姿を現した。

「この声です。間違いありません」

デイミアンが確信を持って頷く。

アリーヤとメイジーはようやく見つかったとホッと胸を撫で下ろした。

「何ですの？　皆でぞろぞろと！」

あっという間にいつもの調子に戻ったカリテアは金切り声を上げてデイミアンを睨みつける。

するとスッとイシュメルが視線を遮るように身体をずらし、カリテアを冷たい視線で見下ろした。

「犯人捜しをしていたのだ」

「は、犯人？　何のです？」

「アスカム国のメイジー姫とその護衛が、ある女性から酷い嘘を吹き込まれたらしくてな。そんなことをした犯人を捜そうとしているところだ」

——翌日、約束通り改めて謝罪をしにきたメイジーたちの話を精査した結果、やはり裏で糸を引いている人物がいたことが判明した。

メイジーにあんなでたらめを吹き込んだ人物は、アリーヤの侍女だと名乗っていたらしい。

建国祭の当日にやってきて、秘密裏に話があるのだと訪ねてきた。

こんな告げ口のような真似をしたと知られれば、イシュメルに首を刎ねられるだろう。それでも不憫なアリーヤを救いたい一心でメイジーたちに助けを求めにきたのだと。

アリーヤは夫のあまりの仕打ちに、毎日のようにアスカムに帰りたいと言っている。

けれども、それをイシュメルに知られれば、アスカムごと罰を受けるかもしれないので誰にも言えないのだと苦しんでいる。どうか助けてやってほしい。

アリーヤのために涙まで流して、お願いをしてきたのだ。

あまりにも鬼気迫った様子と、その内容に衝撃を受けたメイジーたちはすっかり彼女の言うことを信じてしまった。

さらに、最近のアリーヤたちのぎこちない様子がその疑いに拍車をかけてしまったのだろう。

まさかそれがまったくのでたらめだとは思わず、メイジーとデイミアンはふたりでアリーヤを救出しようと密（ひそ）かに計画を立てたらしい。

彼女は、正体がバレないようにフードを深くかぶっており、口元しか見ていない。

おそらく見た目だけで判別しろと言われても、難しいだろうとデイミアンは言う。

『ですが、声なら分かります。俺は兵士として訓練を受けていますから』

そう自信を持って言ってくる彼の言葉を信じ、犯人探しに乗り出したのだ。

まずは、アリーヤの侍女たちに会わせたのだが、彼女たちの中には犯人はいなかった。やはり誰かが偽装していたのだろうという話になる。

そしてこうやって犯人探しに乗り出したのだと、イシュメルは淡々とした口調でカリテアに教えていた。

すると、カリテアは美しい顔を歪（ゆが）ませて鼻で笑う。

「それで私のところに来られたのですか？」

「そうだな。デイミアンに皆の声を聞かせて回っている」

「へぇ……。ですが、それはイシュメル様の先入観というものではございません？　先日私が皇妃様に失礼な態度を取ったから、この女がまたやったのではないかと」

そんなもの、とんだ濡れ衣ですわ。

カリテアは不愉快そうに吐き捨てる。

「あの護衛に吹き込んだのでは？　私が犯人に違いないと。だから、護衛も私だと言うしかなくなってしまった。そうではありません？」

最初から疑ってかかっていたので、デイミアンに先入観を与えてしまった。

それは公正な犯人探しではないだろうと、カリテアは言い返す。

「そうではないぞ」

だが、彼女がそんなことを言ってくるのは織り込み済みだ。

絶対に言い逃れできないようにと、こちらも手間をかけている。

「先ほど言っただろう？　皆に挨拶に回っていると。デイミアンにはお前の話を含めて一切の事前情報もなく、今まで他の各国代表の声も聞いて回ってもらった。それでも彼はお前の声だと突き当てたんだ」

先入観でもなんでもなく、デイミアンは純粋に声だけでカリテアを犯人だと言っているのだとイシュメルが主張する。

すると、彼女の顔は一気に気色ばんだ。

「あ！　この香水の匂い、覚えがあるわ」

さらにメイジーがカリテアに近寄る。

「麝香の香り。しかもむせ返るほどにつけるなんて珍しいと思ったのよね」

「こ、香水くらい、誰だってつけるでしょう！」

「それにしても今まで会った中でここまで香ってくるほどつけているのは、私たちが会った偽物の侍女と貴女くらいよ？」

他にいるの？　とメイジーが首を傾げると、カリテアは顔を真っ赤にして震えていた。

ところが、彼女は立ち直りも早いらしい。

すぐに勝ち誇ったような顔を見せてくる。

「だから何だというのです？　私がイシュメル様に命令されたのは、アリーヤ様に近づくなということだけ。ご命令には背いていませんわ。それに、私から見たおふたりの様子を親切心からご家族にお伝えしただけのこと」

「身分を偽ってか？」

「だって、告げ口のような真似をするのですもの。ある程度の用心はしないと」

あくまで自分はイシュメルの命令に背いていないし、悪いことはしていないと言い張るつもりだ。

「きっと、私の言葉をあのおふたりが大袈裟に受け取っただけですわ」

そうしらを張ってこの場を乗り切ろうとした。

「なるほどな。たしかに俺の命令には背いていない。だが……」

「私が貴女を許しません」

アリーヤが一歩前に出て、カリテアに告げた。

「この私が、私の家族に証拠もない大嘘を吹き込み、傷つけたことを許しません。よって、カリテア姫、貴女には処罰を受けていただきます」

「処罰⁉　どうしてそんな！　何の権利があって私を処罰するというのよ！」

いまだにアリーヤを認めていないのがありありと分かる言葉に、怒りを覚えるというよりも笑いが込み上げてきた。

彼女はまだ分かっていないのだ。

アリーヤがどんな人間かを。

「皇妃の権限です。皇妃として、各国の姫のひとりでしかない貴女の無礼な振る舞い、家族への嘘と嫌がらせ。そして私とイシュメル様の仲を裂こうとする愚かな行為をこれ以上見過ごせないと判断し、イシュメル様の許可をいただいた上で処罰を申し渡します」

カリテアがいくら認めないと喚いても、アリーヤは皇妃だ。

彼女の上に立つ者であり、処罰を与えられる立場にある。

いくら新参者だとしても、アリーヤが争いを好まない性分だとしても、愛する者を傷つけらればいくらだって非情になれる。

「カリテア姫、貴女には生涯に亘り、このジェダルザイオン帝国への入国を禁じます。この報せは属国十か国すべてに知れ渡ることになるでしょう」

「そんな！　そんなことが他の国に知れ渡れば我が国の評判は……！」

「地に落ちるかもしれませんね。ですが、よく言いますでしょう？　身から出た錆だと」

このお触れにより、チェキシアは属国内での立場がなくなるだろう。

何せ、国王の娘が皇妃を怒らせ、永久に入国禁止を命じられたのだから。

皆、何をしでかしたのかと噂し、カリテアを嘲笑う。

同時に親でもあるチェキシア王も笑いものにされるかもしれない。

そこは、チェキシア王がどんな誠意をぶら下げて謝罪にくるかで未来は変わってくるだろう。

「やめて！　撤回してよ！　そんなことされたら私……！」

アリーヤに縋ろうとしてきたカリテアを、イシュメルがスッと間に入って退ける。

涙をぼろぼろと流しながら絶望の色を見せるカリテアに、アリーヤはとどめの言葉で刺した。

「あら、皇妃の命令も素直に聞かずに駄々をこねるなんて、カリテア姫は見かけによらず子どもっぽいのですね」

カリテアには早急に城を出て帝国を出るように命じ、兵士に国境まで監視の意味を込めて送り届けるようにお願いをした。

おそらく、これで二度と彼女の顔を見ることはないだろう。

少しは反省してくれればいいが、すでにここまで成長した性格のゆがみはどうにもならないような気がする。

「アリーヤ、本当にありがとう。私たちを救ってくれて」

メイジーがしおらしい様子でお礼を言ってきた。

「そんな救ってなんて大袈裟よ！」

慌てて手を振って彼女の言葉を否定すると、メイジーはちらりとイシュメルを見たあとに首を横に振った。

「いいえ、きっとあのまま貴女をアスカムに連れ帰っていたら、陛下はアスカムに戦争をしかけてでも貴女を取り返しに来たはずよ。……今ならそれがすごくよく分かるもの」

「戦争だなんて……イシュメル様も何もそこまではしないわよ」

アリーヤも彼をちらりと見つめると、イシュメルは否定もせずただ微笑みを返してきた。

その笑みに何故かそこはかとない恐怖を感じる。

あまり深く考えないことにした。

「まぁ、どちらにせよ誤解が解けて俺としても喜ばしい限りだ。やはり妻の家族には嫌われたくない」

イシュメルの言葉にメイジーは最敬礼を取る。

「寛大なお言葉、痛み入ります。今後は陛下のアリーヤへの深い愛を疑わないようにいたしますわ」

「ああ、そうだな。——デイミアンも、アリーヤへの気持ちは聞かなかったことにしてやるから、さっさと諦めることだな」

「……は、はい」

デイミアンは顔面蒼白（そうはく）になりながら頭を下げた。

昨夜あれだけ嫉妬をしていたので彼に対し辛辣に当たるかと心配していたが、さすがイシュメルだ、大人の態度をとってその場を収めてくれる。

ただし、二度とないぞという暗黙の脅しを含めてだが。

「貴女に対して子どもの頃のイメージが拭えなくて、ずっと子どもだと思っていたけれど、もう立派な女性になったのね、アリーヤ。本当にごめんなさい。私の方が子どもだったみたい」

アリーヤの成長を喜ぶ一方で、自分の成長が止まっていたことにメイジーはショックを受け、深く反省をしているようだった。

そんな小さく身体を縮こませる姉に抱き着く。

「でも、今も相変わらず私を心配してくれた気持ちは嬉しかったわ、お姉様。今度は私の話にも耳を傾けてね」

「ええ、そうね。そうするわ」

その数日後、メイジーとデイミアンはアスカム国に帰っていった。

また遊びに来てほしいと伝えて。

イシュメルとふたりで馬車を見送る。

見えなくなるまで手を振っていると、イシュメルが下ろしている方の手を握ってきた。

「やはり、別れのときは寂しくなるものだな」

そしてやはり押し殺しきれない寂しさに胸を占められているアリーヤに寄り添ってくれたのだ。

「そうですね。帰りたいとまでは思わなくても、別れは物悲しい気持ちになります」

彼に肩に頭を寄せる。

すると、つむじにキスをしてくれた。

「今日は午後から一緒に過ごそう。久しぶりにあのブランコに行くのはどうだ?」

「よろしいのですか?　こんな急にお仕事を休んだりして」

もちろん、一緒に過ごせるのは嬉しいが、アリーヤの我が儘に付き合ってもらうようで申し訳ない気がする。

「俺もいろいろと学んで、臣下に仕事を任せるすべを覚えたからな。問題ない」

それならば心置きなくふたりの時間を過ごそうと、アリーヤは張り切った。

また飽きるまで語り合おうか。

それとも、食事をそこでとって、先日見つけた蜂蜜をかけて食べると美味しい食べ物を教えようか。

庭園をふたりで散策するのもいい。

「一緒に何をしましょうね、イシュメル様」

アリーヤが笑顔で聞くと、イシュメルは眩しそうに目を細めた。

終章

「あ！　動きました！　ほら触ってみてください」

アリーヤはイシュメルの手を取って、自分の腹に当てる。

ここですよ、ここ、と軽く押しあてると、彼はそのまま待つようにじっとしていた。

「本当だ。随分と力強いな。もしかして男か？」

「そういって、先日は『この子は女の子かもしれない』と言っていたではないですか」

「そうだったか？」

片眉を上げておどけてみせたイシュメルは、今度はアリーヤのお腹に耳を当てる。

お腹の中で生きている証を探っているようだった。

「母子ともに無事に生まれてきてくれればどちらでもいい。男でも女でも、俺とお前の子に違いない」

そのときが待ち遠しいなと、イシュメルは微笑んでいた。

「あとひと月後には会えますすよ」

「そうだな。そうなったらこのブランコに三人で乗ることになるな」

「ええ、そうですね」

ブランコを少し揺らしながら、ふたりきりのときは当分お預けになりそうだと彼の言葉に頷いた。

赤ちゃんが生まれ、新たな家族が増える。

きっとその子どもはふたりに喜びとともに、希望を運んでくれるのだろう。

いい夫婦になろうとアリーヤはイシュメルに言った。

けれども今は。

「いい家族になりましょうね、イシュメル様」

互いを思いやるような家族に。

たとえすれ違っても、すぐに話し合える家族に。

嬉しさも悲しさも悦びも寂しさも共有し、ともに向かい合える家族に。

愛と尊敬を常に持ち、敬い合える家族に。

——大好きと笑い合って伝い合える家族に。

「ああ、俺たちならいい家族になれるさ」

休みの日にはみんなでこのブランコに乗りに来よう。

そんな日々を夢見て、ふたりはアリーヤのお腹の前で手を握り合った。

あとがき

はじめましての方もそうでない方もこんにちは、ちろりんです。

このたびは、「溺愛闇攻防戦！　政略結婚のはずの小国の王女でしたが、皇帝陛下の大切な家族になります」をお手に取っていただきありがとうございます。

今回のヒロイン・アリーヤは「Ｔｈｅ・頑張るヒロイン」です。おそらくこのあとがきに至るまでに、サマミヤアカザ先生が描いてくださったアリーヤを堪能したと思われますが、めちゃくちゃ可愛いですよね！　妖精さんみたいで、ラフを見せていただいたときに「私の頭の中のアリーヤがここにいる！」と驚いたものです。

そしてそんなヒロインに大人の余裕を見せているはずが、見事に沼にはまり余裕をなくしていったヒーロー・イシュメル。

こちらもサマミヤアカザ先生に色気たっぷりに描いていただき、とても感謝しております！

アリーヤとイシュメルは、今も新たにできた家族と一緒にブランコに乗っていることでしょう。またこんな幸せ家族ができるまでのお話を書いてみたいです。

それでは、またどこかでお会いできますように。ありったけの感謝を込めて。

ちろりん

蜜猫文庫をお買い上げいただきありがとうございます。
この作品を読んでのご意見・ご感想をお聞かせください。
あて先は下記の通りです。

〒102-0075 東京都千代田区三番町 8 番地 1 三番町東急ビル 6F
(株)竹書房　蜜猫文庫編集部
ちろりん先生 / サマミヤアカザ先生

溺愛閨攻防戦！
政略結婚のはずの小国の王女でしたが、皇帝陛下の大切な家族になります

2023 年 8 月 28 日　初版第 1 刷発行

著　者　ちろりん　©CHIRORIN 2023
発行者　後藤明信
発行所　株式会社竹書房
〒102-0075 東京都千代田区三番町 8 番地 1 三番町東急ビル 6F
email : info@takeshobo.co.jp
デザイン　antenna
印刷所　中央精版印刷株式会社

身代わり婚失敗王女は即バレ後、

隣国カリスマ王に執着溺愛され困ります!?

逢矢沙希

Illustration すがはらりゅう

あなたを望んだ理由はただ一つ、惚れたから。それだけだ

隣国との和平の縁談に自身の代わりとして異母妹を嫁がせた王女アステア。その目的は自国で冷遇されている妹を助ける為だった。心優しい妹が愛される事を願い送り出したが、身代わりは直ぐにバレて国王オルベウスからは本人が来るように要求される。断罪覚悟で向かったのに何故かオルベウスは会った事もないアステアに求愛をする。「あなたは男心を弄ぶのが上手い」美貌で少し意地悪な王に困惑しつつも溺愛生活が始まって—!?

蜜猫文庫

私を追い出す予定だった
侯爵様に何故か溺愛されています

キミにはもう、
優しい世界だけをあげたい

伯爵令嬢ルーチェは連れ子の為、母を亡くしてからは使用人のような扱いを受けていた。ある日突然、美貌の英雄侯爵子息のオズヴァルドの婚約者として嫁ぐ事に。この結婚が不服な彼はルーチェを追い出す為に屋根裏部屋を与えたがルーチェにとっては心地がいい場所だった。やがてルーチェの境遇や逆境に負けない心を知った彼はルーチェを愛するようになる。「私の妻は、君だ。君がいい」彼に慈しまれ情熱的に愛されはじめて!?

蜜猫文庫